一頁 folio

始于一页，抵达世界

摩灭之赋

摩滅の賦

[日] 四方田犬彦 —— 著

蕾克 —— 译

北京联合出版公司

日本美学关键词

日本美学キーワード

废弃王都

吴哥窟

摩滅の賦

吴哥窟深藏在一片树海里。

所谓摩灭，是人造物在大自然面前彻底败北的痕迹。

© 摄影：何杰峰

异样的光景,就像是浮雕把热带树木旺盛的生命力背后隐藏着的无限哀愁化作了自身命运的一部分。虽然已经倾颓,但在古代高棉都城壮丽威严的背景下,那些在十九世纪近代国家援助下进行的局部修缮与其相比,无可奈何地展现了拙劣和刻意。

廃棄王都

廃弃王都　　吴哥窟

摩滅の賦

©攝影：何杰峰

废弃王都

废弃王都　吴哥窟

摩滅の賦

"树木花草的威严与哀愁",多么精彩的一句。当我看到庄严的浮雕遭受人为毁坏和自然风化之后又被巨大的榕树根干庞杂缠绕时,感动之下不禁脱口而出的也是这句话。

©摄影:何杰峰

時間

時間　泰国悟孟寺佛像

与躯体完美无缺、充满着人性光辉的雕像相比，身体上显露缩减和缺失的雕像更令人共鸣，更激发思考和想象。我们对抽象艺术的偏爱，是因为那些欠缺、那些裂痕中和了雕像上强烈的人的要素，让我们心生爱意。

摩滅の賦

在历史进程中，不仅是雕像经历了岁月洗礼，将岁月痕迹当作一种美来鉴赏的美学意识本身，也发生了巨大变化。

時間

时间　马雷塞官邸的雕像

摩滅の賦

© 摄影：蓍克

時間

時間　薩莫色雷斯的勝利女神

摩滅の賦

萨莫色雷斯的胜利女神和锡拉库萨的维纳斯像，都缺失了头部和手臂，为什么反倒充满了神秘的美？如果有一天她缺失的部分出土了，经过精心巧妙的修复，雕像重现出完美之姿，对我们来说，将是何等巨大的焦虑和幻灭。

观照摩灭，即观照自己和事物之间横亘着的巨大的时间。

無常

"物"不再是偶发的情感,而是作为人物的本质,确切地体现在了每个角色身上。曾经用于表达脆弱和预示毁灭的"物",演变成了一种具有正面意义的幽深美妙的情感。

无常　《源氏物语》第四十七帖

摩滅の賦

無常

无常

泰国阿瑜陀耶佛像

摩滅の賦

© 摄影：王涵

所有雕像只要被制作出来，终归会毁灭，有可能毁在大自然长年施加的力量之下，有可能毁于人手的瞬间暴力。然而，与雕像原本的完璧之姿等同，遭到破坏的碎片，亦是新的雕像。即使碎片逐渐摩灭，即使碎片上所有人为痕迹都消失了，它依然是雕像的分灵。我想，这也许就是佛教所说的佛性的真谛吧。

消咸

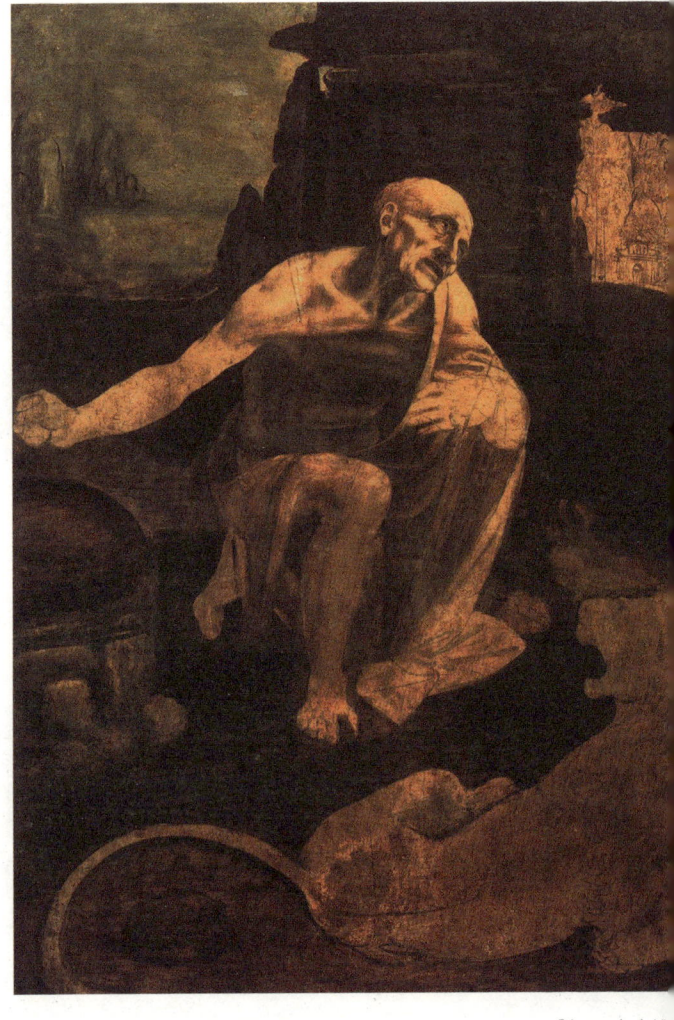

消减

摩滅の賦

© Leonardo da Vi

在这个所有人都已沉睡的深夜
你出现在我的梦里
轻声告诉我
你就是
列奥纳多的《圣哲罗姆》
那散失已久的半幅

退色

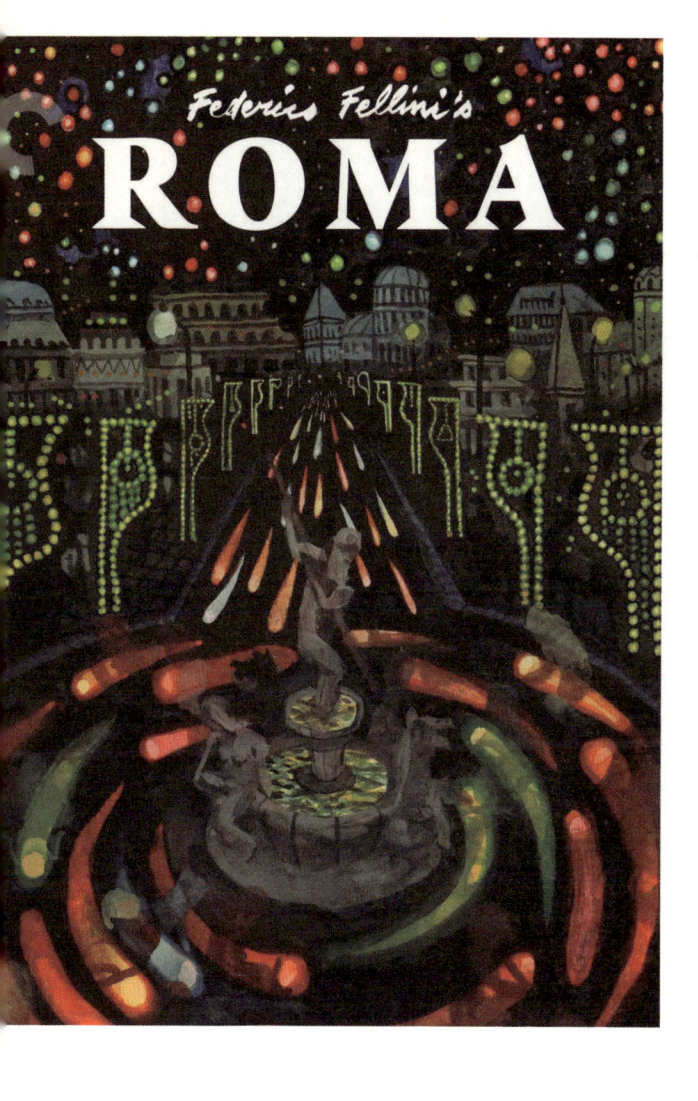

褪色　《罗马风情画》

在费里尼的电影《罗马风情画》里,有一场戏演绎出了更大型的瞬间褪色。修建罗马地铁的工人无意中挖到一处古代遗址,发现了色彩鲜艳的古代壁画,四方墙壁上描绘着神话人物和生活场景。当鉴定人员和考古学者匆匆赶到时,壁画就因为疾风般流入的空气和阳光的射入,瞬间失去了色彩,变成了平淡无奇的土墙。这一幕,就像在嘲笑"艺术是永恒的"这个观念。

摩滅の賦

万の事

世间万物

摩滅の賦

世间万物，唯始与终奥妙难言。

就如巨岩摩灭成细沙，世上万物要由宏大变渺小，又一路演变为些微的颗粒。确实如泽庵和尚所说，天地自然，是人眼看不见的巨大石磨，我们的身体，是磨盘缝隙里的短暂实存。

万の事

世间万物　泰国悟孟寺摩灭的墙

墙壁、石柱和塔，不仅体现了人们想将世间万象都铭刻于其上的强烈欲望，同时也如实记录了企图摧毁这些铭刻的诸多暴力。

人对旧事的遗忘，是一种虚薄。
相反，人并没有认真看一个东西，
只是在偶遇时匆匆一瞥，这也是虚薄。
我们在信息爆炸的现代消费社会里，随时随地体验着虚薄。

摩滅の賦

盲目

盲目　《伊卡洛斯的坠落》

摩滅の賦

数不清的摩灭，构成了我们的肉体。弗洛伊德说，人类有着死亡本能。

© Pieter Bruegel

盲目

盲目

Tobias Curing His Father's Blindness

摩滅の賦

为了治愈失明，人必须自己把手放到眼睛上，去"擦拭"。

© Bernardo Strozzi

身在缓慢的衰亡途中,
自是一种喜悦。
摩灭途中的人,
总站在时间的边缘。

简体中文版序

现在我正从《东坡文集》里查找诗句。我记得他在流谪时留下文字,感喟过一座被时间湮灭了字迹的古老石碑,但我又实在想不起文章的题目和具体细节,也难怪,因为那是半个世纪前我在大学时代读到的。

我至今都还记得东坡那一行文字在我内心留下的感动。因为,铭刻在磐石上的文字,在漫长岁月中历经风雨摩灭,最终变成难以解读的稀薄痕迹,实在让人感物伤怀。时间的力量磨圆了万物的棱角,荡平了起伏,消隐了名字,让万物重归无名,这样的时间之力让我畏惧。

但同时,我也怀疑,那行文字真的出自苏轼吗?我花了几天时间翻看《苏轼选集》,却怎么也找不到那篇文章。莫非,目睹了那场摩灭的并非是谪居僻地的苏轼,而是来自我的脑髓?或许是我用了几十年时间,用自己的想象力酝酿出了那篇本不存在的东坡文章?如果真是这样,那事情就有点博尔赫斯了,我无法摆脱那个渐渐摩灭而去的石碑的意象,凭空创造出了苏轼的字句。

真相究竟如何，我也不知道。我的记忆和碑文一样摩灭了。

被千千万万善男信女用信仰之手摩灭掉眼睛和口鼻的佛像；被冲打到南方岛屿海岸上的珊瑚碎片和漂流木；在强烈阳光和洪水灾害的共同作用下再难觅原形的古代遗址的壁面装饰；乡村列车的方向盘上裸露出的原木纹；马上就要含化的硬糖……

我周围有无数摩灭正在发生，细数不完。即使是最初有过完璧之姿的物质，也会在漫长时间里丧失掉明确的轮廓。没了棱角，鲜艳色彩渐虚，出现磕碰失落，出现龟裂，再不复原本的均衡之态。但就我所知，以前几乎没有人对这种现象上的美学感兴趣。

行走在世界各地的巡礼圣地，无论是耶路撒冷、圣地亚哥–德孔波斯特拉[1]，还是在中国台湾的妈祖庙和日本信州的善光寺，摩灭的意象一直凭依在我心里，所以才有了这本叫作《摩灭之赋》的小书。这本书该归属到哪类范畴，我也解释不清。书中虽然写到巴尔扎克小说和贝克特戏剧中人物的摩灭之相，但并非文学或戏剧评论。这里论述了石臼和砥石如何在摩灭他物的同时也摩灭了自身，但与流体力学和矿物学毫无关系。我还言及了泰国曼谷佛教寺院里的佛像，当然本书也不是宗教学或佛教哲学。至于艺术作品上的摩灭论，更和正统研究无关，书中写到的只是一些不幸的例子。对形而上学论来说，这些卑微的物质摩灭现象

---

[1] 圣地亚哥–德孔波斯特拉（Santiago de Compostela），西班牙加利西亚自治区的首府，与罗马、耶路撒冷齐名的三大圣城之一。这座古老的城市因为拥有世界级文化遗产圣地亚哥大教堂而享誉欧洲。以此教堂为终点的朝圣之路也被命名为"圣地亚哥朝圣之路"，在朝圣者群体里广为流传。——译注，全书若未作说明，均为译注。

也许并不值得一提。所以，在摩灭的问题上，既没有先驱为我开路，也找不到专门理论学问来做庇护。如果说这本书在立意上得到了哪本经典的支撑，我想应该是《庄子》。

这本《摩灭之赋》后，我还准备写两本续集，用《愚行之赋》和《零落之赋》去描写人生的摩灭。当然我知道，以我目前的修为还不足以写出这两本书，也许终究有一天，我能以自身的零落换来文章吧。话虽如此，我写的这些文字，在东坡先生的不朽文章面前，只不过是一些顷刻之间便会摩灭殆尽的东西，我知道，我当然知道。

2018 年 12 月 1 日

四方田犬彦

目录

序

摩灭之赋   1

第一辑   消减之相

1   痕迹中的玛利亚   3

2   水边与佛陀   16

3   欧珀石的盲目   31

4   牙齿与宾头卢   46

5   废弃的王都   61

6   口中的硬糖   77

7   臼的由来   98

8   砥石的教诲   113

第二辑　无常之观

9　从无常到托马森　　129

10　关于虚薄　　148

11　人生的乞食　　153

12　时间的崇高　　168

后　记　　185

序
摩灭之赋

印度人轻蔑了历史。他们漠视了如泡沫般浮现又消失的变化。取而代之，他们从摩灭之相里获得了测量时间的方法。

每隔一百年，天女翩然降临到这片充满污秽的大地，她用柔软薄衣轻抚过一块边长一由旬[1]的巨石后，重返天界。巨石历经无数次轻抚，终将有一天会完全消失，印度人把这段永无穷尽的时间定义为一劫。

从知道磐石劫的那一天起，我感到了强烈的眩晕。天女为何降临地上？巨岩在世界的哪里？博尔赫斯说，经过摩擦消减的隐喻才是真理。若果真如此的话，若刀可以比喻成秋水，女性可以比喻成随风消失的轻羽，那么，把漫长时间看作一种真实的存在，又有何不可呢？

久经摩灭的事物，其本来轮廓早已丧失，摩灭本身已成为它

---

[1] 由旬，古印度长度单位。一由旬相当于一头公牛走一天的距离，一般认为约为八至十六公里。

们的印记。我对这些摩灭之物有无限偏爱，这偏爱之情，又究竟从何处而来？

老石臼上被磨平的沟槽。漫长手术后终于摘出的、疲惫而萎缩的内脏器官。千千万万善男信女之手摩挲过的佛像，哪里是眉眼，哪里是口鼻，早已模糊不清，只如一块闪着幽黑微光的木头。这些事物丧失了优雅的棱角，表面光泽和艳色不复当年，尽失了各自的细节，之后却带上了一致的摩灭之相，令我恍惚神往。

摩灭之物告诉我一个真理，终末的结局与生俱来，却又被无限延期，就那么如影随形，随机的下一刻，便可能是事物的终点。就像昨晚被雷劈了的那棵树，我也将逐日衰朽——斯威夫特[1]对傻侍说。身在缓慢的衰亡途中，自是一种喜悦。或者说，形态的记忆逐渐淡忘消失，亦带来喜悦。

腐烂导致难堪的膨胀与蒸散。干燥是一种愚蠢的萎缩。唯有摩灭，才为终末的结局平添智慧之相。丧失了记忆的漂流木被冲打搁浅在无人的海岸时，也许就是其灵魂升华到至福之境的一刻。就像布努埃尔的《一条安达鲁狗》的最后一幕。

吾死 尸骸朽尽

终剩一握秃骨

---

[1] 斯威夫特（Jonathan Swift，1667—1745），十八世纪英国著名文学家、讽刺作家、政治家。代表作品有寓言小说《格列佛游记》。

枫丹白露森林里的岩石。来自十九世纪的法国绘本。

摩灭途中的人,总站在时间的边缘。

我听说中上健次[1]最后的时光是这样的:

中上的癌细胞渗入大脑,双眼已盲,日夜在痛苦中煎熬。从前他荒神般令人生畏的魁梧身躯已然萎缩,只蜷躺在棉被里等死。他的老母在旁不忍,想伸手抚摸他后背为他减轻一些痛苦,中上用微弱的声音拒绝,说让老母抚背实在不孝,反而提出想为母亲

---

[1] 中上健次(1946—1992),日本当代著名作家,因其创作风格酷似美国诺贝尔文学奖获得者福克纳,被称为"日本的福克纳"。1992年,因肾脏癌过世,享年46岁。

抚摸后背。他让人支撑起枯瘦的身体,用已经没有力气的手在母亲背后摩挲了几下。这是他最后一次从床上起身。

这段话传到我耳里时,细节已模糊不清,故事已开始摩灭。但从这段逸事中,我们得以悟到"摩挲"这个行为最古态的含义:用徐缓的肯定去接受和包容衰亡。究其实,摩灭中既没有主体,也没有客体,人伸出的摩挲之手,经由被摩挲的事物,同样踏上了永远的摩灭之道。如果再引申开去,所有的摩挲之人在互相交融,成为同一存在。比如中上健次的最后身影,也是紧紧抱起蹇足老母、抚摸其后背,宛若岩城判官正氏总领厨子王[1]的身影。

对称的东西无一例外令我感到无聊。摩灭之物具有的独特魅力,与对均衡和反复形成的秩序之物的厌恶息息相关。

宇宙是不定形的存在,没有对应物。这一点始终令我躁动不安。因为宇宙无孔不入,企图在一切事物中推行"类似"和"共感"的原理,干涉所有事物的最细微之处。比如叶序、矿物结晶、双壳贝的纹路。稍一疏忽,对称的魔影便暗潜下来。关于这一点,人的思考也不例外。善与恶、一与众、男和女,无论是在博物志中,还是形而上学的观念里,对称之物数不胜数。

从海岸上散落的无数碎贝壳中捡起随意一片,仔细观察它不规则的形状,用你的手指去触摸贝壳碎片被磨圆的缺角和凹陷,

---

[1] 岩城判官正氏总领厨子王,日本明治时期文学家森鸥外创作的中篇小说《山椒大夫》中的人物。

你马上会明白，它正在和全宇宙的趋势唱反调，此时你手中的贝壳碎片，正是那一劫途中的磐石。"宇宙的孤儿"，中世纪的炼金术士们这样称呼废弃之物，真是再贴切不过了。

把摩灭的贝壳和小石头装进口袋里，每走一步，都能听到轻微的不规则的碰撞声。这种毫无目的，毫无用途，纯粹只是物质之间互相摩擦发出的声音，正是自由最初的听觉印象。

摩灭未必只发生在时间之中，虽不多见，有时空间的阻隔也会成为摩灭的契机。

这种例子，我在伦敦一家博物馆里见过。那是边角的货币展示室里的标本。室内集中展示了各种古罗马金币。从首都到遥远的殖民都市——罗马帝国的疆土拓展到哪里，哪里便铸造金币。

罗马发行的金币上的皇帝侧脸浮雕，卷发优美，鼻梁挺直，眼神和嘴唇的线条显示出睿智。再看其他城市铸造的金币，脸部线条不再均衡，皇帝看上去一脸阴沉。更远方城市的金币上，蓬乱头发占去了大半面积。有的金币上君王丑陋变形，头发成了巨大涡旋纹样，人不再像人，简直像狮子或神话里的怪物。这些金币一枚一枚看过去，上面的纹样越来越丑恶、越来越抽象，到了第十枚，已经辨认不出那究竟是皇帝的侧脸，还是恍若咒语的蔓草纹，这是最边境城市铸造的金币，显然，工匠们并不明白原本的纹样含义。不过还有这种可能：原来的君王已遭暗杀，新皇开始了另一轮统治。

蒙受摩灭的不仅是权力者的肖像，还有肖像象征的法律秩序和时间意识。当君王端正的侧脸消散成不定形的纹样，质朴的想象力便格外夺目，金币上的复杂纹理痕迹，道出了这块金属是文明的产物。

大野一雄如是说：

墙上摩损出的那个凹陷，即我。

刚刚写好的一篇新诗总是惊躁难安的，像刺猬一样紧张地向身边四周倒竖起尖棘，在尖酸刻薄的文字同行们的仓促一瞥下，被评论，被分类，再被匆忙地遗忘。

但让我更心生敬畏的，是那些停留在遗忘的尽头、已失去原貌的断句残诗。

"春 / 太长 / 贡古拉"这三行据传源自萨福之手，完整的诗篇却早已佚失，断句里徒留几个固定名词。贡古拉是什么？后来，埃兹拉·庞德为这几行字做了简洁而优雅的修补，新加了题名。[1]

我还知道一首更短的诗，流传至今它只剩下了"vixit"一个单词。据说这是古罗马时代为一位公主所作的悼念挽歌，可惜我们现在能看到的，唯有这个意味"活着"的拉丁语动词 vivo 的第三人称过去式而已。

---

[1] 此指庞德英译的"Papyrus"一诗，收在他的诗集 *Lustra* (1916) 里。

她一生中所有的悲伤和喜悦，尽被两千年岁月拂拭而去。最终，一切还原成了一个黄金般耀眼的纯粹的动词，"活过"。

地上的诗篇是封闭的，当它自行宣告完结时，便让我感受到压迫。诗作为一部作品被指定了开端和结尾，被蜡封印的那一刻起，就仿佛有了自律存在的权利，有了私心。诗所畏惧的，是自身肉体的毁损，诗畏惧摩灭。反过来，摩灭殆尽徒剩吉光片羽的诗篇，又是多么光华慑人。

石臼回转，时间从孔洞中流走。周围堆积起豆渣。晚年的吉冈实[1]，已无意限定作品的位相，他的诗中随处可见凹陷和隆起，中央现出空洞，内容如同乌贼的吐墨，从洞中源源淌出。

"我一直在想／门把手柔软的恐怖"
"有时黑布扬卷而起／棒的形状"
"像一把缺齿的锯／我的兄长隐藏进松树根里"

诗句也可以被看作是摩灭之学吧。

谁说诗必须拥有严密区分的内部，必须保有充盈的内容。诗要远离这些妄信。真实存在的只有石臼的回转。在某个时刻，人

---

[1] 吉冈实（1919—1990），日本昭和时代后期的诗人、装帧家。

在摩灭中从主体变成了客体。书写出来落成字的东西,如何不是豆渣?

*

摩灭啊
美丽的疲敝
污垢之手摩挲
菜刀亦留凹痕
被肉汁和油腻贬低了的
大地之木的荣光啊
今日是你的诞辰

你丧失了的把手
你凄惨斑驳的旧色
朽坏的木纹 消磨了的边角
为寻找你遥远的由来
我在凌乱中迷路
即使随心所欲的雕刻家
将你粉饰成艺术
赋予你短暂的名声

你依旧像铁锁一样紧闭住口

将身份来历深远地藏起

该颂扬你的沉默啊

但我在暗想

远方传来阴郁雨声

在这个所有人都已沉睡的深夜

你出现在我的梦里

轻声告诉我

你就是

列奥纳多的《圣哲罗姆》[1]

那散失已久的半幅

---

[1] 《圣哲罗姆》(*St. Jerome*)是列奥纳多·达·芬奇未完成的画作,描绘圣哲罗姆与一头狮子的情景。制作年代约在 1480 年前后。现藏于梵蒂冈博物馆。

第一辑
消减之相

带来摩灭的是手掌,是视觉,
是每日吹拂的柔风。
人要想抵达救赎之境,
只有摩灭至极限,
自身化作如水的存在。

痕迹中的玛利亚

转眼已是很久前的事了,我住在意大利博洛尼亚大学城那时,很喜欢去城中的一所大教堂。其正式名称是圣斯特凡诺大教堂(La Basilica di Santo Stefano),始建于九世纪。博洛尼亚大学是世界最早的大学之一,而这座教堂,更是古城中最古老的建筑。观光书上如是说。

矗立在幽暗空间里的圆形讲坛,仿佛不知后世还会出现清高狷介的哥特和华丽躁动的巴洛克,只用中世纪时的质朴形态,体现着人的小宇宙与神之大宇宙的对应调和。每次站在那里,即使我没有宗教信仰,也会沉浸在静谧的氛围里。经过石柱并立的昏暗长廊,走进一个寂静的中庭,有时能看见全身黑衣的老人坐在那里晒着太阳陷入沉思。博洛尼亚城中有好几座大教堂,不像博洛尼亚主广场前的圣白托略大殿那样建在闹市,这里很少有游客。我喜欢在从书店回家的路上走进来,坐下慢慢翻看刚买的意大利电影研究和美术类书籍。

中庭四周围绕着石墙,每面墙上都有各种附属物,有的是看似中世纪当地名门贵族捐献的豪奢礼拜龛，有的是仿佛陈列着圣人遗物的祭坛。有一次我偶然发现，那里还有一个镶嵌在墙上的铜浮雕。原型是什么早已模糊不清。铜板高约一米半，宽五十厘米，被安放在一人高的位置上。可能从前毁损过，中央贯穿着一道修补后的裂纹。我推测，它最初并不在这里，应该是什么更重要的地方的装置，比如圣体祭坛，后来可能是因为什么缘故被新装置替换下来了吧。尽管不再有用，但漫长岁月自在其上，让人不忍随意废弃，才被移放到中庭里。与周围那些齐整的祭坛相比，铜浮雕显得格格不入，与优美华丽无缘，是一种异质奇妙的存在。

浮雕画面似是一个人像，右侧有长杖，左上方的图案仿佛家徽。既然是陈列于教堂的物件，可以理所当然地推断，这也许是一位与教堂有缘的圣职人员，但找不到能更深入的线索了。是天主教众多主保圣人[1]中的一位，还是某个时代的教皇或枢机主教[2]？我向纪念品小铺里卖明信片的老妇请教，她只一味说不知道。再问有相关的明信片吗，老妇嘲笑地回答，那种不值一看的东西怎么可能有明信片，不要光想着它了，去好好看看耶稣和玛利亚的圣像吧。

铜雕上的人物身份之所以不明，理由是决定性的。因为一切

---

[1] 主保圣人，是守护圣者的意思，是部分基督教宗派对圣人或天使使用的特定称呼之一，通常用于教会所期望保护的某人（例如新受洗的基督徒）、某团体或特项活动。

[2] 罗马天主教中仅次于教宗的职位。源自拉丁文 cardo，有枢纽、重要的意思。因穿红衣、戴红帽，又被称为红衣主教。

轮廓细节都已摩灭殆尽，只能勉强看出是个人像。人物脸上早已没有了口鼻，甚至看不出眼睛的位置。头部中央残留着两处大小不一的凹陷，但从位置来看，那两个窝不太可能是眼睛。从某个角度看，倒像是鼻子被削去，徒留两个凄凉的鼻孔。头部上方呈三角形，可以推断是一种宗教穿戴的造型。人物双手交叉在前胸，细微手势已磨损不辨。腰部以下勉强能看出些衣褶。那里也许有过的凸凹，早已化成了一片平滑，让我忍不住遥想，在数百年的时间里，多少人持续不断地抚摸，才让它摩灭得如此彻底。

文章写到这里，我脑中忽然出现了一个无法驱除的全新念头。离开博洛尼亚之前，想着可能再不会来这座教堂了，我为铜雕拍了张照片。现在我一边看着桌上的照片一边写下这篇文章，认真端详之后，觉得还有一种推理也能成立。

人物双手下的小小凹窝，凹窝里依稀可见苹果大小的球形，说不定是婴儿的头部？若真如此，不就与中世纪反复描绘的圣母子像不谋而合了吗？铜雕摩灭得太严重，让我最初未往这方面想。如果这是一幅圣母玛利亚和幼儿耶稣像，那为什么人物肩肘轮廓相对还有保留，而脸部等细节几乎已被磨平，也就可以理解了。已丧失的细节，无疑是来教堂祷告的民众们要去抚摸和亲吻的部位。浮雕下方摩灭甚重，是因为这部分被摩挲得最多。

现在，我带着一种怀念和敬畏的心情回想着这幅浮雕。我的关心点，既不在美术史上，也和历史学与中世纪哲学无关。让铜雕上的细节臻于摩灭的漫长时间和民众的虔诚信仰之心，才让我

博洛尼亚圣斯特凡诺大教堂中谜一样的铜浮雕。著者摄

心生敬畏。同时我还在迷路,试图找寻更好的方式,去表达这份敬畏,去做更深的探索。

他们中有些人满身痂皮或伤疤,没有了牙,没有了睫毛和头发,不食不眠,一动不动,像在万念俱灰中等死,数不清的苍蝇乌云般围绕着他们悲惨的身体密集飞舞,仿佛觅到了沟中的腐肉。……新的人群来了又走了。这片混杂拥挤的人海,源源不断有新的人潮涌来又散去。然而,这一切喧噪嘈杂,始终被要同一个声调的歌声压倒,渐渐地,耳中再听不清其他言语。喧嚣深处，唯一能真切听清的声音，只有"玛利亚"。圣歌压倒了噪声。起伏的人潮前赴后继，拍打在被烈日灼热的教堂墙壁上。（邓南遮[1]《死亡的胜利》）

这段文字，描写的是群集在意大利东海岸巡礼地卡萨尔博迪诺寻求圣母玛利亚神迹的民众。朝圣的人们各自准备了再现自身病患的蜡像或图画作为供奉，排队敬献给素有灵验之名的圣母。囊肿、溃疡和坏疽，让人们的身体显得特异，在宗教的狂热喧嚣氛围之下，这些皮肤的毁损和器官的欠缺，更显得狰狞突兀。

在这里，一切都带着强烈的摩灭的征兆。首先是朝圣者的身体，原本就已"没有了牙，没有了睫毛和头发"，还要在可怕的混杂中相互摩擦。摩擦消减了人的个别性。他们磨耗了个体差异，变化成匿名的朝圣群众。每个人呼喊出的祈祷和誓言，渐渐融混不清，统一化作了赞美圣母玛利亚神迹荣光的响亮又唯一的声音。这也意味着他们的身体在融合为一。而大教堂的墙壁，始终在承受这些巨大声量的压迫。

前段我刚描写了圣斯特凡诺大教堂静谧中庭里的浮雕，紧接着便引用十九世纪末恶魔主义文学的一段，似乎不伦不类。但若要举例信仰的热情亦能轻而易举地引发摩灭，我想再没有比这更

---

[1] 加百列·邓南遮（Gabriele d'Annunzio, 1863—1938），意大利诗人、记者、小说家、戏剧家和冒险者。邓南遮的作品以原创性、力量与颓废闻名，素有"恶魔主义文学"之称。主要作品有《玫瑰三部曲》，《死亡的胜利》（1894）即为三部曲中的第二部。

明晰的描写了。

在《死亡的胜利》里，人物和风景，乃至世界本身，都带着一种强烈的疲敝和摩灭之相。对蜂拥群集在卡萨尔博迪诺的朝圣者的描写，更是整部小说的压卷部分。那些超越了文字寓意的狰狞和颓废，以及从颓废中升华的欢乐，都被描写得那么精彩。人潮不分昼夜地涌来。石阶和墙壁也会被磨凹吧。为了向圣母祈愿而来朝圣的人们，他们不仅身体已摩灭到极点，连各自的声音都消损了，一切都幻化成一声"玛利亚"。这几乎是一个象征状态，人被摩灭的瞬间，他们从世上最低微处充满污秽的人体轮廓中脱离，上升到了对极——那充满圣性的高处。我想，玛利亚正是守护之神，存在于所有摩灭的根源里。

再往前回想，在圣斯特凡诺大教堂浮雕之前，我还见过一个类似的玛利亚摩灭，虽然两者规模大小不能相提并论。那是在巴黎拉斯拜尔大道上的耶稣会的会馆里。会馆里有一个纪念过去传教士历尽艰辛在亚洲布道的"东方殉教者房间"。我与艺术家波坦斯基[1]偶遇相识，是他热情推荐我一定要去此处看看的。房间里密密麻麻地陈列了各种怪异刻奇的画像，描绘深入东方的传教士在拷打中被截去舌头、拔掉牙齿的画笔拙劣的油画，或是教士在越南被列队斩首的画像，等等不一，真是很合波坦斯基的恋死

---

[1] 波坦斯基（Christian Boltanski, 1944—），法国当代造型艺术家。作品怪异而有趣，善于使用平凡无奇的旧物素材创作出令人惊讶的作品，揭示真实与虚构的双面性。

癖。其中，我发现了一张在日本九州被长期使用的银色踏绘[1]。

踏绘大约二十厘米见方，远远小于博洛尼亚的浮雕。作为揪出隐匿天主教徒的工具，这张踏绘想必被使用了很长时间，以至于只有凝神细看才能隐约看出圣母子的轮廓。如果我不是日本人，不了解十七世纪日本镇压天主教徒的史实背景，一定辨认不出这究竟是幅什么画，不对，我甚至不会明白陈列柜里这一小块金属板的真正用途。怀抱幼子的圣母画像，已磨损到看不出原形，只剩下一些微弱的刻线和几处迟缓的凸凹起伏。

无需多言，当时日本民众为了证明自己不是天主教徒，在众人注视之下踩踏了画像。践踏和其他侮辱性的行为，导致了画像的摩灭。中世纪的西班牙曾有过强迫改宗的史实，历史上犹太人也一直有类似经历，但是践踏圣像这种仪式制度，堪称十七世纪日本的独创。斯威夫特《格列佛游记》的主人公到达日本后，也对这种怪异的通过仪式大惑不解。

从一件雕刻物命运的角度来看，历史上恐怕找不出比这块小小的金属板更不吉和悲惨的例子了。它和铁处女[2]那样的刑具不同，明明是信徒们每日接触的圣母子像，但制造目的却完全相反。因踩踏画像而生的痛苦并不是肉体上的，却深入目不可及的精神层面。当然，为数不多的人坚决拒绝踩踏画像，他们经历严刑拷

---

[1] 踏绘是日本人在德川幕府时期发明的仪式，目的是为了探明外人是否为天主教徒。
[2] 铁处女，传说中中世纪欧洲用来刑罚和处决的刑具，将罪人关进外观如圣母、内部有铁钉的木箱中，使其受折磨。

打后被处以火刑，或被砍了头。想必还有一些人被拉到踏绘面前时，无论如何也踩不下去，反而忍不住将踏绘高高举起，去亲吻那块已被万人踩脏的金属板，由此身陷囹圄。一定还有很多人在踩踏画像之后，内心深受苛责，终其一生隐匿信仰。他们之中有些人将信仰秘密传给子孙后代，直到明治维新天主教解禁之后才公开身份。此类事例在九州列岛等地广为人知，人称"隐藏的基督徒"。

大学时我上过皆川达夫[1]的音乐史课，听到了皆川老师走遍九州各岛费尽心思录音收集来的隐藏基督徒们的《集祷经》。现在的老人们已经不懂四世纪前耶稣会传教士们所教的拉丁语歌词含义，只是按照祖辈口口相传的声调朗诵出来。和他们的信仰一样，这些音乐在太久的岁月里被迫与世隔绝偷偷传唱，已呈现出摩灭。如果侧耳细听，还能隐约听出诸如"Domine（主）""Benedictus（祝福）"等拉丁语的残响，但旋律和音调早已偏离了十六世纪欧洲原本的清唱剧。我第一次听到《集祷经》时的异样心情，就和听巴赫的康塔塔[2]时的一样，用一句"音乐带来的感动"就能轻易概括吗？我不确定。唯一能说的是，在音乐中我感受到了什么东西在极为漫长的时间里，缓慢而确实地发生着变形，承受了脱落，容纳下了单纯化，却绵延常在，令人敬

---

[1] 皆川达夫（1927—），日本音乐学者，以对中世纪和文艺复兴时期的音乐研究而闻名。
[2] 康塔塔（cantata），意译为清唱套曲，其内涵丰富并有各种变体。起源于十七世纪的意大利，后由巴赫发扬光大。

畏伏倒。

玛利亚固有的特质，也许就是死与分娩。但是，玛利亚的固有与我们固有的死与分娩不一样，玛利亚的背后延伸着激越的空疏——升天与处女受孕。尤其是处女受孕，才是玛利亚的固有。所以，玛利亚的固有，是一种十足的欠缺，是奇迹，同时还是"作为形骸的奇迹"。之所以这么说，是因为玛利亚身上的所有持续性都来自那无尽的过去。玛利亚延伸开的是记忆空间，不存在距离和内部的空间。……被升天的圣母为什么必须有皮肤病，我想，原因就存在于玛利亚终将被升天这一被动事实本身。

以上我引用的话出自岩成达也出版于二十世纪六十年代的诗集《对列奥纳多之船的断片补足》（思潮社，现代诗文库收录）。

岩成在现代诗人里面，并不算是诉求天主教精神的诗人。他当时的作风更倾向基于理科和伦理学的语言陷阱。有意思的是，其中有些诗里潜藏着玛利亚身体的主题，写到污秽和摩灭，令我联想起邓南遮。

"大水退去后的岩石滩"的空间描写，强烈地令人联想起物体的摩灭。出现在岩石上的玛利亚，全身被皮肤病侵蚀，以枯槁形骸之姿被提升上天。海水涨落，循环冲刷，带走了玛利亚原本拥有的全部细节，只剩下"单调"的存在。此玛利亚，不是西方宗教绘画中出现的圣母，没有概念性的圣母身体，而是一个宗教感已摩灭殆尽、从荒凉海岸升向天空的运动的主体。覆盖在玛利亚身上的多重神学观念都剥离不见，因皮肤病而溃烂消磨的肌体袒露无余。这样的玛利亚在我们看来，反而更是形而上的，也许因为我们离神学的时代太远了。

话题重新回到我偶然看到的那两个浮雕上吧。

圣斯特凡诺大教堂里的浮雕和耶稣会展厅里的踏绘，两者都是圣母子像，也都摩灭到了难觅原形的程度。但促成摩灭的契机却截然相反。前者，是祈愿之手的不断触摸消融了玛利亚的面颊，模糊了玛利亚怀中圣子的轮廓。后者则是逆向的，在制度的压力下，拒绝或否定信仰的踩踏在短时间内促成了一场剧烈的摩灭。而我认为，虽然目的相反，碰触上亦有手和脚的区别，但两个浮雕最终多么一致啊。无论动机和手段，降临于两者之上的人为意图在一致的摩灭之相面前，都被闲置到了一旁，显得无关紧要。若是如此，那么我将摩灭当作一门学问去思考，也能得到理解吧。我想在远离信仰与非信仰的二元对立之处，在人与非人、人为与自然对立无缘的地方，对摩灭现象本身进行无尽的思考，究竟可不可行？

这里先来确认一下汉语里"摩灭"的含义。

表示摩挲、研磨，在汉字里有"摩"和"磨"两种，两字都以"麻"为声符，日语里发音为"ma"，古代汉语里发音"muai"，现在汉语普通话和韩语里都发"mo"音。

两个汉字在含义上有微妙差异，白川静的《字通》一书说，摩字下面有手，由此可推测是用手抚摸的动作。从石碑上用墨拓本，谓之摩挲。用手按揉身体，是按摩。

而磨字，原本写成"䃺"（磨的异体字），意为石臼。用来形容以石头为工具进行研磨打磨。所谓的摩崖[1]就是指削平岸边石壁，雕以诗文。说到磨面，即用石臼碾磨谷粒为粉。

所以严格来说，摩灭和磨灭含义不同。《字通》书中解释"摩灭"时，引用了司马迁的名篇《报任安书》中"古者富贵而名摩灭，不可胜记，唯倜傥非常之人称焉"一句，这里用摩灭来形容声名衰落被人遗忘，已经偏离了原本"以手抚摸"的字义，带上了隐喻的色彩。

而磨灭的例句，则有北宋梅尧臣的"子虡与贤皆妙笔，观玩磨灭穷岁年"，意为名家书画经过长年把玩鉴赏，纸张墨迹难免磨损，令人惋惜。但这里的墨书既不是石碑也不是用石头打磨纸张，所以这句里的磨灭，基本上和摩灭同义。两个词随着时代变化，渐渐丧失了本来字义，以至于原本横亘在两者之间的微妙差异和沟壑，也一同摩灭了。

去博洛尼亚留学之前，为了致敬逝去的诗人吉冈实，我在与朋友合作发行的同人志上发表过一篇题为《摩灭与无常》的散文

---

[1] 原书中为"磨崖"。

诗，原本的构思是想罗列一系列吉冈诗作中出现的触感母题，并加上我写的简单注释。但在写作途中，我被诗中频繁出现的摩灭的概念强烈吸引住了。所以最后写成时，文章已经越过了吉冈的诗，直接对峙概念，用白描方式堆砌了一些摩灭的断片。本书的开篇即此文。

接下来，我想继续把摩灭的概念进一步延展开，描写事物的衰退过程。我所写的和美术史无关，也不归属于考古学、哲学、宗教学、围绕古董研究的社会学以及诗学中的任何一个，是不定形的言说。不定形的言说暧昧地游走在诸多知性领域的边缘，绝不会深入，从诸多学问中借来引用，但得不到学问的庇护，算是一种孤独的探求吧。

　　深入 再深入
　　随之我变得单纯
　　我使用褴褛的隐喻
　　那是玄冥的真实
　　就像星如眼
　　死如眠

这是博尔赫斯在双眼接近全盲时写下的一节，我在戈达尔的电影《卡宾枪手》的开头看到，引用到本书，算引用的再次引用。奇妙的是在博尔赫斯的西班牙语诗篇全集中找不到这一段。这姑且放在一边。博尔赫斯，这位年轻时熟读巴洛克文学巨匠贡戈拉的诗学并试图以置换比喻来撩拨奇思的炫技诗人，经历漫长岁月后终于抵达了诗学的高度。也许有人会说，用星星比喻眼睛，用睡眠比喻死亡，实在太朴素了，甚至是用滥了的俗套。但这个比喻从作为活证人参与实践过二十世纪所有文学实验的阿根廷文学家的口中说出，事态就不一样了。

摩灭的隐喻即真实——容我暂且这么概括博尔赫斯的话吧。他不仅在谈隐喻的摩灭，也揭示了摩灭这个隐喻本身就是真实。或许我们早就该意识到，所有的真实，即事物已摩灭到无法再摩灭的状态。

晚年的博尔赫斯，比起短篇小说来他更爱诗；与诗相比，更爱充满"警句"的短歌这种带着摩灭之相的文体。之所以如此，也许是因为他的全盲，我们该送上赞颂。对从年少时便沉迷于文山书海的博尔赫斯来说，这个结果除了是双眼的摩灭，再不是别的什么。

水边与佛陀

竹富岛的海岸，目之所及，一片无尽的珊瑚碎片，壮观犹如珊瑚墓场。

走在郁郁苍苍的森林小路上，一边前行一边用手拨开挡路枝杈。蛱蝶和凤蝶从树叶背后惊起。临近森林边缘，视野变得开阔起来，一片白沙滩出现在眼前。纯白之上，是无限深远的碧空。绕过大片滨旋花，走上沙滩，马上就听到四周有什么在纷纷蠢动。蹲下来细看，原来是数不清的寄居蟹因为我的到来而警觉，正惊慌地逃向沙子里。

捞起一捧白沙，马上就会发现那是无数微小的珊瑚碎片。间或有两毫米大小的星状物混于其中，那是一种叫作 Baculogypsina 的有孔虫的骸骨。这种单细胞生物的壳是钙质的，因为形状也被人称为星砂，有段时间在东京街头也能买到。

和临近的石垣岛、西表岛不同，竹富岛上看不到繁茂红树林形成的海陆两分的风景，由于整岛从珊瑚礁发展而来，所以没有可农耕的土壤。岛上石墙和房屋的材料，也都由巨大的珊瑚礁加工而成。可以说，这里只有珊瑚。

白沙滩的前方是翡翠色的海。凝神细看，海中还有一道界线，白浪不断冲打在上面，那就是所谓的暗礁。暗礁和海岸之间的部分被称为环礁湖。强有力的波浪始终冲打着暗礁外沿，那里珊瑚骨骼格外粗壮，很多巨大如圆桌面。而环礁湖一侧的珊瑚骨骼就细巧复杂得多。落潮时分，环礁湖变浅，我走进湖里，捡起各种形状的珊瑚，那都是被消磨了的珊瑚碎片。

在生物学概念里，珊瑚、水母和海星一样都是腔肠动物。众所周知，在南洋海底营造起珊瑚礁的这种生物并非单体存在，它们成千上万结合在一起，分泌石灰质，构筑起坚牢的群体。活珊瑚虫呈现出鲜艳的绿色、橙色或紫色，像海葵一样随着水流摆动，看上去像在享受优雅的生。然而一旦死去，便只剩下石灰质骨骼，无数骨骼在极其漫长的时间里积累成礁。

是的，落潮后浮现出的环礁湖里，汇集了各种形状的累累珊瑚骸骨。

有的大如拳，有的细长如棒，有的像从主干上猛地断掉了却依然伸展着优雅的小枝杈。破碎得看不出原形的残片。无论何种形状，都丧失了珊瑚本有的锐利感，边边角角早被磨圆了。至于颜色，从白到灰白，色阶变化丰富。有的像个豆馅面包，从中心向外延伸着无数叶脉一样的细纹，掂量一下，沉甸甸的。而棒状的布满孔洞，分量轻得吓人，仿佛火葬后的人骨。我不由得想起T.S.艾略特《荒原》里的一节，腓尼基人弗莱巴斯淹死后，眼睛化成了珍珠。那么弗莱巴斯的骨骼一定化成了珊瑚。

我揣想了一下这些碎片走过的路。到我手上之前，它们都经历了什么。珊瑚看上去牢固，实际上敏感而微妙。活珊瑚虫的鲜艳绿色，其实是虫黄藻这种微小海藻的颜色，虫黄藻寄生在珊瑚细胞内侧，与珊瑚共生，利用珊瑚分泌石灰质同时产生的二氧化碳，通过光合作用帮助珊瑚成长。如果水温稍微变低，盐度稍有变化，陆地泥土的流入量和紫外线的照射量发生变化，都会导致虫黄藻从珊瑚本体中脱出而消散。珊瑚丧失了虫黄藻后无法钙化，便会在白化后死去。

死去的珊瑚留下一片石灰质骨骼，被海浪冲散带到远方，碎块与更坚硬的碎块发生碰撞，在海流里渐渐失去细枝和尖角，被打散，被磨圆，更小的碎片被海浪带到更远的地方，冲打上岸，化为白沙。真是，生长在海中的一切生物，都逃不出摩灭之刑。微小的珊瑚虫落生于世，群集成礁，缓慢生长，完成使命后，骸骨在水流中离散，碎片大小轻重不一，漂流的归宿地也不一样。我在环礁湖里捡起的那些小块，终究要被冲击得更加细碎，在摩擦中失去重量，最后，化为岸边的一粒沙。

珊瑚礁乍看上去一片平静，若将目光投向微观的次元，就会看到生命在死亡之后依然要被卷入摩灭，落入第二度消亡的深渊。

我从小就喜欢在海岸上走。并非不会游泳，与那种比谁游得快的游戏相比，我更喜欢在水边走，喜欢看岸边漂来了什么，甚至还会捡回家去。日本出云的田仪、须磨浦（有着气派的水族馆）、纪州的淡轮、韩国的江陵、西西里岛的陶米纳，这些海岸在我记忆里都有着特殊的地位。

被水打湿的小石子和贝壳，为什么看上去那么美？这也许就是我最初的困惑之一。

半埋在泥土里的和地面上滚落的石子，看上去没有魅力，一旦被水波冲刷，或沉入家里的透明金鱼缸后，不知为什么马上开始熠熠生辉，深黑暗绿绯红纯白，颜色分明。难道这是石子原本就有的力量？这力量接触大气后一度丧失，沉入水中又复活了吗？还是在无意之中被水的魔力激发出的短暂现象？对小石子和贝壳来说，濡湿时和干燥时的颜色，哪种才是它们的本质？

被水打湿获得鲜艳色彩的小石子的荣光并不持久。照在海岸上的烈日很快就会夺走石子表面的水分，把石子打回人见人弃的凡庸原形。这个过程仿佛无意中嘲笑了凡人的心思：梦一旦实现，越是美梦醒得越快，留下比最初更深刻的失落感。

在须磨海岸上徜徉的八岁时的我，心中一定萌生过上文这种源于博物学收集癖的形而上的思考。事物的本质，究竟是在不经意的日常中才有正确的显现，还是潜藏在偶现的片刻光彩里？小石头和贝壳马上就会变干的事实，让人领悟出其实质的最深处是干燥的。之所以人们将其濡湿时的光华鄙薄成短暂幻象，是因为那光华太魅惑人心了。

如今的我对这个积年疑问渐渐有了自己的看法。我想，小石头和贝壳之所以在水中熠熠生辉，是因为它们正在被水摩灭，正走在缓慢离去的路上，这样的命运让它们闪光。

是弗朗西斯·蓬热[1]让我有了这样的想法。他言辞缜密的著名诗集《采取事物的立场》里有一首《小石头》，说得很清楚：

在人们眼中，石头这种东西，是永存和无感动的象征，但事实上，它是自然中的一种无法复活而再生的存在。不，更应该说，实际上，石头才是唯一的在自然之中不断消逝着的物体。

若将这段拟人论的观点进一步引申，那就是，倘若一块石头也有生涯，那么它的一生唯有摩灭二字。前段时间某东亚国家引发争议的古歌"细石历经千秋万代长成巨岩"的说法，只是一种文学修辞，故意列举不可能的事情来比喻某种事物，古希腊把这种修辞叫作阿迪纳达，古歌是其最朴素的用例而已，不足为道。

临海而立的海岬巨岩，在海浪永无休止的拍打下被渐渐侵蚀。或者崩裂，或者中央出现空洞，落入海中的部分在海浪中永无停歇地翻滚，与其他岩石碰撞后分解。裂岩变成石块，石块变成石子，石子变成砂砾，砂砾化为尘埃，重量一路减少，形态一路渐微，这变化的终点是石的消减，是石之死。水缓慢地主宰着

---

[1] 弗朗西斯·蓬热（Francis Ponge, 1899—1988），法国当代诗人、评论家，以其对事物和语言的独特感知而引起世界文坛的注意。

这一切过程，对小石子来说水是不祥的死亡使者。一切摩灭中的事物，在湮灭之前都会散发出微弱的光，水里的小石头闪烁出刹那光彩，也是因为它悟出了自己终将消减吧。小石子每浸一次水，就体验一次微小却真切的摩灭，离死又近了一步。

要让小石头摩灭，大自然中的漫长时间并不是唯一手段，比如人可以把石头放进嘴里，当硬糖去舔。这里可以拿贝克特在二十世纪四十年代后半期发表的长篇小说三部曲为例。

第一部《莫洛伊》前面部分还是小说形式，待到中年男子启程寻访年迈母亲发出独白时，人物就像突然发病了一样，厌倦了自述来历，把前面的叙述扔到一边，开始兴致勃勃地讲述起他在四个口袋里放了十六颗海边捡来的小石子，要按什么顺序去舔才不至于重复。令人难以置信，原著中花了整整六页篇幅来细致论证这个数学难题。读者当然会心存疑问，主人公为什么要舔石子，这和他的寻母物语有什么关联，但贝克特并没有给出答案，只兀自描述着荒诞的排列组合过程。从十九世纪以来建立的近代小说理念来看，这是极其脱离常识的写法。

意味深长的是，从小说整体来看，以这段小石头插曲为界，叙述者的身上出现了我们所说的摩灭的征兆，他渐渐损耗了身体，最后身陷废疾，身体几乎再无法动弹，只残存着意识。在《莫洛伊》的续篇《马龙之死》和《无法称呼的人》里，这种情况越发严重。《马龙之死》的主人公虽然有个马龙的名字，其存在比莫洛伊更加暧昧模糊，只一路循着越来越稀薄的记忆，走向孤独之死。小说的末尾，文字就像在模拟正一点点消失的意识，时断时续，最后被彻底的沉默吞没。《无法称呼的人》连叙述者的人称都已经不确定了，连续的大段独白，分不清哪里是清醒，哪里是癫狂，叙述者到底是活人还是死人。肉体的一切都剥落不见，只剩下叙述的声音。

十几年后，1963年贝克特发表了戏剧《戏剧》（原文为Play，真是个轻慢的标题），《无法称呼的人》里的声音在戏中分散成三个男女的声音，状况变得越发难解。舞台上并列摆放着三个坛子，三个男女从坛子里露出头，看不清年龄和表情。法语版的舞台提示中写道，这是三张"摩灭的脸"，仿佛已化作坛子的一部分，一动不动。待到聚光灯打在三人身上，他们才迟钝地有了一些反应，开始自言自语。他们似乎是已死之人，从各自叙述的死前发生的事情里，渐渐浮现出一段三角关系。但戏至结尾，情节依旧暧昧，就这样，三人要保持着怪异的摩灭之相，不被赋予由来和结局，在既非天堂也非地狱的地方，永远地半悬下去。

贝克特的诗歌、小说和戏剧里，摩灭和永恒的等待重叠在一起，成为他作品的本质性主题。关于这一点，本书后篇还会提到。

有形之物终将消亡，坚固的形态要丧失，实质要减轻，要变成微小粒子从人的视界里消失。摩灭，只是在极其缓慢的时间里发生的现象之一而已，那么，同样是事物的变化，说到与摩灭正

贝克特的《戏剧》，1964年于伦敦初演时。

相反的运动，我们会想起哪些呢？

我想起的是很久前在曼谷卧佛寺（Wat Pho）看到的一尊高约一米的坐佛。和泰国所有的神圣彰显一样，这尊佛也浑身散发着黄金之光，但与其他大佛不一样的是，这种金光并非来自平滑的铸造表面，而是由黄金素材本身发出的赤裸裸的物质之光。

或许，我应该坦诚地描述我初次看到此佛像时满心的惊诧。如果不是因为身在寺院，我几乎不敢确认那是一尊佛像，换作别的地方，我一定会为事情的不寻常而浑身战栗。准确地说，我所看到的，是一个异常膨大的、勉强能看出人身而面目早已全非的黄金物体。鼻子像融化了一样失去高度，两眼溃不成形，虽然头顶还有角状凸起，整个头部线条已经模糊，更像一个怪异球体。幸好身体部分还隐约可见原形，但这个异形身体上发出的炫目金光，让我强烈地感到这早已不是佛陀的拟像，仿佛是从某个人类智慧所不能及的远方天体渡来的异者。

凑近细看就会明白，佛像上的金光，来自贴满全身的一层又一层的金箔。为收受布施，日本的寺院或放置赛钱箱或收门票，而泰国这所寺院的方式更加独特，拜佛人要去附近商店购买金箔，两厘米见方，十泰铢。信徒们站在佛像前，将金箔贴到他们想祈福的部位上。就在我参观的这一会儿工夫里，就有一位青年和一位老妇将两三张金箔贴到佛像的腰部和手腕上，并虔诚地祷告。当然贴金箔不是强制性的，即使只祷告便离开，也没人过来指责。看看四周，无数没有贴牢的金箔碎片散落在佛像基座和地面上，风吹过，就连十米外的地面也闪现出点点金光。

我问身边一位大学生模样的青年，他说大约一个月时间内佛像就会被贴肿，膨大到看不出原形、再承受不住更多金箔的程度，这时寺方就会用篦子一样的工具熟练地把金箔刮下来，熔解后做成新的金箔。而佛像也恢复原貌，等待信众的新一轮贴金。循环反复中所得的金箔收益，成为寺院的巨大财源。

该怎么用日语描述这种现象，我找不到合适的词汇。奈良和京都没有这种习惯。那在泰语里总该有对应名词吧，我问了一些人，和我预料的一样，泰语里也没有特定词汇。对泰国人来说，这种景象他们从小就在寺院里耳濡目染，关于信仰和修行，有诸多专用词语，而贴金箔这种事还不到值得去特意讨论的程度。

贴金箔的行为，无疑是信仰的证明。在这一点上，人们在长野善光寺为祈求灵验而去抚摸宾头卢尊者像的行为，和贴金并无二致。

为了做对照，我先简单介绍一下宾头卢尊者。这位被民众昵称为"阿宾头卢"的圣僧，原本是释迦弟子，位列十六罗汉[1]之首，因为妄自施展神通，被佛陀呵责，不得涅槃，停留在世间度化众生。善光寺的宾头卢尊者像被安放在一进门右手边的醒目位置上，参拜的人进来便会马上看到。自江户时代起，民间开始流传此像有治愈疾病的神力，人们相信，患者只要抚摸佛像上与自己病患相同的部位，疾病就能痊愈。由此，日复一日，佛像在无数双手抚摸下，渐渐失去细节，只剩下大体形状。佛像的眉眼早已脱落不见，那里的一片光滑，仿佛在述说佛像如何用自己的身体换取了患者的痊愈。如今佛像已被安置到高处，人手已经够不到佛像头部。由此，信众们能摸到的佛像胸前，时常闪着油亮亮的光。

顺便提一下东京牛岛神社（现在隅田公园）里的抚牛吧。

那是一个巨石雕成的一米大小的牛像，牛脖子上挂着红白相间的围嘴。相传只要抚摸与自己身体相同的牛身部位，病患就

---

[1] 主要依据唐玄奘翻译的《大阿罗汉难提密多罗所说法住记》。十六罗汉是释迦牟尼佛的弟子。据经典说，他们受了佛的嘱咐，不入涅槃，常住世间，受世人的供养而为众生作福田。此外，另有十八罗汉之说。此系于十六罗汉加上二位尊者。

能痊愈，自打文政年间起，参拜者就络绎不绝。牛像被抚摸了近二百年，腰背早被磨得光溜溜的，闪闪发亮。

在佛像上贴金箔，无疑是在为佛像增添荣光。另一方面，病人用手触摸佛像和圣兽的膝盖、眼睛和胸口，则是在拜借佛像的法力。无论哪种，都体现出一种近似物神崇拜的信仰，两者互为反相。卧佛寺里的，是通过膨胀消除了细节明暗，远远脱离开原初形态。善光寺里的，则在缓慢地发生着摩灭，与全体相比，局部油亮。前者使对象肥大，让对象增值，后者在把疾病这种污秽涂布到佛身上，让对象走向消减和损伤。但终究，两者都出自信仰和祈愿的力量。我们对宗教的思考是在找出两者的共通原理之后开始的。

我想，泰国寺院佛像的状态，可以命名为"反摩灭"吧。我不知道在这狭小的人世里还有哪些现象能与之匹敌。如果在大自然中寻找类似事物，我会联想起钟乳石。石灰岩的裂缝中渗入雨水，溶出的碳酸钙成分滴落到地下空洞里，钙质在漫长岁月里逐渐蓄积，形成灰白色的圆锥体。石笋以每百年几厘米的微弱速度成长，慢慢长成巨柱，直抵溶洞顶部。滴落在泰国佛像身上的，是叫作"信仰"的水滴，化为高贵薄膜，无休止地贴合到佛身上。贴满金箔的佛身是人工造就的黄金钟乳石。

我还想起另一种摩灭的对立，那是事物在一瞬间的溶解和变质。摩灭现象的必要条件是漫长的时间，而战争，尤其是炮击和轰炸给城市带来的破坏，轻而易举地否定了摩灭的定义。敌机飞来投掷下炸弹发生在转瞬之间,为的是将一切炸得粉碎、不留原形。事物突然燃烧起来了,崩塌四散,剩下一堆凄惨的瓦砾,再看不到人的丝毫痕迹。这种破坏的极端例子,比如1945年8月的日本广岛。

位于广岛平和纪念公园一角的资料馆里陈列着许多物品。胶皮管一样扭曲的酒瓶。凝固成一团的数百根针。熔在一起无法鉴识分开的瓦砾和人骨。在爆炸中心三千到四千摄氏度的高温下,这些物体不管是否情愿,只能变成现在的样子。这恐怕是人类有史以来谁都未曾预料过、谁都未曾进行过的瞬间熔接。这些物品经历了半世纪冷却,如今静悄悄地躺在资料馆的玻璃柜里,配着日语和英语解说,恍若圣髑。当然它们只是一小部分,想必这座破碎城市的大部分残骸,在爆炸之后即被当作无用之物清理丢弃了。只有这些奇迹般地免于遗弃的物品,脱离了原本在日常生活中的功用定义,被历史赋予了新的故事,在资料馆里寻到了一隅安息之地。

穿过资料馆一间又一间的展室,来到一尊佛像面前。虽说是佛像,但因为损毁得太严重,只能看出是一尊坐佛。如今已经无法想象它原本的表情,佛头左半边不见了,徒留暗影,右半边在高温下熔化,除了螺发还可辨认,看不出眉眼鼻子的位置。佛头以下,只剩肩膀和手臂的外围线条勉强保持着佛像轮廓,佛身一片虚空。

解说里写到,佛像原本是安置在离爆炸中心地六百米远的善应寺里的一尊金铜佛,我曾在土田宏美于1985年出版的写真集《广岛》中也看过这尊佛的照片,关于来历,书上只说"不明"。看来这些年资料馆经过不懈的调查,终于查明了佛像身世。尽管明白了身世,这尊金铜佛给人留下的阴森感却无法改变。泰国的黄金佛像和善光寺宾头卢尊者像虽变了形,依旧充满神圣感,令人敬畏,这在金铜佛上却完全感受不到。前面两尊佛像外形的逸脱,反而让它们离佛性更近了一步。而广岛这尊像上的破损,将其拉下神坛,打回了原形——一块合金而已。古代维纳斯雕像因为肢体欠缺而更具想象美的悖论在此处是不存在的。一刹那的高温,剥夺了此像走向神圣的所有机会。现在它不再是信仰的对象,甚至不是艺术品,只作为半世纪前人类野蛮行径的一个证人,被陈列在资料馆里。就这样,它从其他佛像要在悠长岁月里共同体验的摩灭中被永远地放逐了。

核武器在瞬间让事物毁灭,或发生决定性的质变,不仅中断了事物的缓慢摩灭之路,其自身就是与摩灭为敌的祸殃。宣言"要为穷人写戏"的波兰艺术家康托尔[1]曾说核武器是世界上最悲惨最贫瘠的东西。但话说回来,陈列在广岛平和纪念资料馆里

---

[1] 塔德乌什·康托尔(Tadeusz Kantor,1915—1990),戏剧导演,二十世纪波兰重要的前卫剧场实践者。

的各种证物，就连"在被穷人使用的过程里自然摩灭"的权利都被剥夺了。

或许，我的结论下得太仓促了。资料馆里距佛像不远处，还展示着几片核爆中心附近民居屋顶的瓦片，引我重新陷入思考。令人惊讶的是，这些原本用黏土高温烧成的瓦，竟然在爆炸之后仍保有相当数量的完整无损。只是瓦表层的石英粒子在瞬间高温中熔解而出，之后再原地冷却凝固下来，让瓦片呈现出斑驳疤痕，而瓦与瓦的重合部分就没有这种疤，光滑如初。

瓦片展台例外地没有设置玻璃，人们可以自由抚摸瓦片，感受其表面差异。一旁还有金属质地的盲文点字牌。闭上双眼去触摸那些瓦，马上可以体会到斑驳和光滑的手感差异。我身后有三个少女，轮流抚摸瓦片并发出高声惊叹。也难怪，进了资料馆一路看到各种冲击视觉的映像和实物，使得在瓦片前人的触觉也被惊醒了，不可能不高声躁动。

这些瓦，现在被重新赋予了走向摩灭的权利呀，我想。和世上其他有形之物一样，它们要在无数人手的触摸之下慢慢被磨平。倘若是一旁的盲文点字，一旦被人摸到再难辨别表面凹凸的程度，就会被一块新金属牌换下来。而作为广岛证人的瓦片就不一样了，它们要比同馆展示的其他物件更早、也更有特权去体验损毁，一路缓缓变化下去。终究有一天，现在表面粗糙的石英颗粒会脱落剥离，变得和其他部分一样光滑而再无区别吧。这个过程自然要花费非同寻常的漫长时光。借用三岛由纪夫在《晓寺》中的一句，在"无法言喻的漫长时间"的尽头，它们终于降落到与世上其他物质对等的地方，开始接受自身的泯灭。到了那时，这些因为核爆炸而被剥夺了摩灭之权的悲惨证物，才终于看到救济的曙光。

欧珀石的盲目

很久前,我因为找东西而整理了一些旧物,无意间从抽屉里的匣子中找出一颗未经加工的欧珀石。一块五厘米长、两厘米宽的淡茶色石头,中央有一厘米大小的果肉一样的宝石层。它不值钱,怎么看都是采石时掉落的碎片,因为没有加工价值,就被扔到卖旅游纪念品的小摊上任人挑拣了。

我记得在我上小学的时候,这块石头就在那儿了。可能是哪个亲戚在国外买的,然后给了我。具体哪个亲戚记不清了,能忆起的只有一位叔父,他似乎曾研究即食面里的橡胶添加剂,为此走遍了南亚和巴基斯坦一带,好像还去澳大利亚做过生意。他家离羽田机场很远,每次回国时都要在东京我家住一晚,欧珀石可能就是这么到我手里的。

现在我为写这篇文章,翻遍了几张书桌也没找到这块石头。就好像,这块石头数年前在我面前短暂地现了一下身,转瞬间又隐匿不见了。虽说它不贵重,但让人惦记。记得藤枝静男[1]的小

---

[1] 藤枝静男(1907—1993),日本作家、眼科医生。本名胜见次郎。1968年凭借小说《空气头》获艺术选奖文部大臣赏。

说《田绅有乐》里写过一个荒唐无稽的故事，茶碗、酒杯之类长出了手脚，去拜访主人公老人。所以，我的这块欧珀石，说不定会在我的哪个人生转折点上若无其事地再次出现，而我只要满心期待地等着它好了。

我记得小时候有十年时间，这块石头一直是我很爱惜的随身护身符。我曾用三角板和雕刻刀想把普通岩石部分弄掉。随着近视度数加深，父母逼我戴上眼镜，我还用擦眼镜的软布研磨过宝石部分的表面。当然，这都是小孩干得出的事。等过了相当一段时间，石头原本光滑的表面上出现了无数细纹和磨花，岩石部分也被手摸得脏乎乎的。不过，正因如此，它才变成了我独一无二的宝石。记得它奶油色中带着几分青色，其上微弱地闪烁着点点红或绿色光芒，稍微换个角度去看，光芒消失了，又从别处现出一条泛着细小虹彩的裂纹。凝视着它，总感觉它有话想对我说。从这块石头上我直觉地感受到，世上有些永恒的事物只有通过沉默才能传达。但是，十岁的我从直觉中得到了何种启示，现在早不记得了。

孩子都是触觉动物。

最初，他用嘴唇和舌头感知世界，接着用手。小孩就是到处摸的手指，是无酬的工匠，他为手指上生出硬茧而沾沾自喜。他的每一天，是由无数触摸构成的。

许多人都有相同的记忆吧，小时候想逃学，早晨在被窝里用手使劲搓热体温表，好让母亲相信自己在发高烧。在我的小时候，黄磷火柴已因危险而被明文禁止，但要找还是能找到。我模仿大人的样子在柏油路面上擦火柴，几次失败后，真的点燃了。我拿来在柏油路上擦的，不只火柴，还有从零食店买来的蜡石、俗称2B弹的炮仗、从教室里偷来的红黄色粉笔。总之所有东西都曾被我拿来在粗糙的柏油路面上摩擦过。当用它们在地上使劲描出线条，当它们腾起硝烟砰然炸裂的时候，我都雀跃不已。虽然燃烧完的2B弹空壳很扫人兴，而蜡石在划过地面后会因摩擦而急剧升温，攥着热乎乎的蜡石细看，小孩心里有说不出的满足感。

对小孩来说，古钱币上的纹章和装饰线条意义虽然难解，但只要把一张纸蒙在上面，就能轻而易举地用铅笔再现出来。超现实主义画家们热衷的拓印手法，说不定就是从这种类似恋物癖的儿童游戏中得到的灵感。拉伯雷《巨人传》里的巨人国王子发现解手后用雏鸟的细嫩羽毛擦屁股最舒服；志贺直哉《清兵卫和葫芦》的主人公少年最喜欢擦磨葫芦表面。通过"擦磨"的快感去体察世界的，总是小孩子。直到现在，我还隐约记得刚上小学时在电影院里看过的功夫片里的一场戏，一个貌似夜总会歌手的女子在恋人委托下悄悄返回后台化妆室，从抽屉里取出一块圆牌，就近找了张纸，偷偷拓下了牌上的纹样。那个拓印的动作，真是奥妙难言。

很多孩子长大以后，不知不觉淡忘了用"擦磨"去探索世界的愉悦感。因为此时，他们已从自己身体上找到了擦磨的对象。

少男少女们知道了抚摸生殖器的快感之后，就再也不会对路边擦火柴之类的游戏感兴趣，从此"擦磨"变成了密室行为。我的性觉醒时期，和将欧珀石弃若敝屣地随便塞进哪个抽屉的时期，好像是微妙地重合在一起的。

宫泽贤治年轻时写过一篇题为《贝之火》的童话，写到了"擦磨"这种行为的本质。宫泽的众多童话作品里，我尤其迷恋这篇。

故事发生在早春的原野上。小兔子荷摩伊偶然搭救了掉进河里快要淹死的云雀之子。众鸟之王为了表达感谢，送给荷摩伊一颗叫作贝之火的宝珠。"宝珠有橡子那么大，圆溜溜的，芯里闪烁燃烧着一团赤红色的火焰"，只要呵护得当，宝珠会越来越气派惊人。但是"带着宝珠一辈子圆满安好的，到现在为止，只有两只鸟和一条鱼而已"。于是荷摩伊知道自己得到了一颗非同小可的宝贝，他向父亲发誓，要"每天对它呵气一百遍，用红雀羽毛轻拂一百遍"。虽说这个兔子一边救了云雀性命一边又去薅红雀毛，看上去很矛盾，但不管怎样，都可以确定故事里出现了"擦磨"的主题。

第二天早晨，其他动物们看荷摩伊的眼光完全不一样了。大家的眼神里充满敬畏，还有的动物口口声声说要追随他。刚开始荷摩伊还能礼貌地回应，后来他尝到了随意行使权力的滋味，就开始给弱小动物出难题，为难他们。荷摩伊的父亲见状，每次都要叱责儿子的傲慢，警告他宝珠里的火焰会因此黯淡。荷摩伊很担心，每天晚上都要凝视一会儿宝珠，发现宝珠里的火焰一天比一天炽烈，一天比一天美丽，才松了一口气，翌日又开始傲慢地四处耍威风。

"我从没见过像今天这么漂亮的贝之火，仿佛赤红碧绿和青蓝各种颜色的火苗在宝珠里激烈争斗，引来天雷，震发地火，狼烟升起，光之血横流。下一个瞬间，淡蓝色火球充盈了整颗宝珠，马上又变成了柔弱的虞美人花、黄色的郁金香、红艳玫瑰、幽蓝梓木草，仿佛正在迎风摇曳。"

终究，这岌岌可危的幸福并不长久。荷摩伊在狐狸的教唆下设下捕猎小鸟的陷阱，四只小红雀落入陷阱，他见死不救，只是马上返回家里，和往常一样用红雀胸毛擦拭贝之火，却看见宝珠上出现了"一处被针戳了似的白色雾点"。也许是错觉？半夜醒来他又去看了一次，宝珠变得像银色鱼目一样浑浊，赤红火焰已经熄灭了。不仅如此，宝珠忽然发出声音裂成了两半，粉碎成了烟雾。碎片飞进荷摩伊眼里，击倒了他。浓烟随之重新凝聚到一起，恢复成宝珠原状，飞出了窗外。数不清的鸟看着这一切发生，最后，夜枭扔下来一句嘲笑后展开翅膀飞远："呵呵，这才过了六天！"剩下荷摩伊独自一人，睁着一双"和刚才的宝珠一样浑沌白浊"的眼睛，再也看不到任何东西了。

贝之火的故事，有着令人心旌摇曳的奇幻细节，终究是一部令人生畏的童话，内藏着一种凶邪恶意，用"傲慢即罪"和"因果报应"之类的俗套结论都不足以形容。作者用战争来比喻贝之火内部发生的惨剧，我想，这也许来自宫泽本人幼年时代听到的日俄战争激烈攻防的传闻和所见图像留下的记忆。战场上因炸弹碎片而失明的士兵，在当时并不少见。还有宝珠裂成两半又重新复原的描写，应该是受他在二十世纪初期看过的无声电影里的倒放手法的影响。然而这部童话最可怖的是，随着荷摩伊傲慢愚行的愈演愈烈，宝珠里的火焰也越来越炽烈昂扬，紧接着，突然像发条绷断了似的，一切都宣告破灭。只剩下化为盲者的荷摩伊哀哀一人。与此悲剧平行发展的是贝之火里的美丽不减反增的设定，真是说不出的残酷。曾经以弱者的形象受荷摩伊庇护的鸟儿们，最后毫不留情地嘲笑他，这一段尤其薄凉。

话说回来，贝之火究竟是什么，现在对宫泽贤治的研究已有惊人发展，几乎可以断言，灵感正来自当时被称为"蛋白石"的欧珀石。

贤治生前是否见过真正的欧珀石还是个疑问。他可能见到了从欧洲舶来的矿物标本，也许当时岩手县的流纹玻璃的裂缝中恰好发现了欧珀石，无论如何，以他所在的二十世纪二十年代日本东北农村的条件考虑，他不可能有那么多接触真宝石的机会。但是，他在《贝之火》里表现出的对矿物惊人的想象力，事实上远远超越了现实世界里的宝石。这里，我们再来多谈谈宫泽贤治灵感来源的欧珀石吧。

在所有宝石里，欧珀石有独特的来历和性格，它是唯一内部含有水分的宝石，由地下水分在地壳变动中变成热水再吸收土壤中的硅酸凝结而成。所以矿石柔和的牛奶色调里散乱着青、紫、绿、粉红等色彩，换个角度观察，它的色调就会产生微妙变化，而包围着宝石层的却是无比乏味的火成岩或沉积岩。无色透明的二氧化硅球体呈层状排列，层的厚度不同，光线波长反射也不同，让欧珀石有了虹彩般的微妙色调。如果排列凌乱，光线则无法反射，矿石就会像盲人眼睛一样浑浊发白。"蛋白石"的名字也是这么来的。

欧珀石散发出的悲伤而孤独无依的气质，与红宝石的炽烈和钻石的荣光对照，就更加明显了。欧珀石里隐藏着岌岌可危的不稳定性，不仅换个角度色彩就会发生变化，还因为内部含有水分，理论上内部排列有可能发生紊乱，导致白浊。宫泽贤治在另外一部题为《栖木大学士的露宿》的童话里写道："再没有比蛋白石更靠不住的宝石了。今天还闪亮如彩虹，明天就可能变成一块普通的白石头，今天圆润美丽，明天就碎成了渣，这石头，最难对付了。"就是说，荷摩伊遭遇的不幸，也许和他的傲慢并没有关系。我猜，自幼就对矿物质异常感兴趣的宫泽贤治，知道相关知识，并当作小道具写进作品里了。

欧珀石的主要产地是澳大利亚南部，走在悉尼的游客街上，想从日本新婚旅行夫妇身上赚一把的欧珀石铺子鳞次栉比。我在电视上看过一个采掘欧珀石的纪录片，开采矿工人数不多，几十年来一直住在单调的旷野里,他们挖掘出蚁道一般错综复杂的地下坑道,为寻找欧珀石矿脉而竭尽全力。矿工们像打磨一样慢慢切割砂岩,从中寻找宝石原石,原石不能碰坏,所以采石时要格外小心翼翼。如此得来的原石,悉数被都市来的掮客压价买走,这种情景让人联想起贤治的另一部童话。我手里的那块欧珀石原石就是这么来的吧,可能是采石时不小心被碰伤了,也可能色调不够美不值得精细研磨,就被随意处理了。

我还有一个好奇了很久的疑问,这部著名童话里贝壳和大海都没有登场,为什么题名叫《贝之火》呢。或许这是贤治的奇想——欧珀石像贝壳一样张开,从里面冒出一股烟?

入泽康夫在随笔集《空洞考》里引用了折口信夫的理论,古来所谓的"贝"指的是"富含着内容的外侧部分",并例举了从原始卵到长崎鱼石的例子,指出"贝"字具有空洞性和象征意义的原始性。入泽的解释很有魅力,有些地方把"卵"俗称"贝子",可见他的观点并非过度诠释,自有其道理。可是,当我眼前浮现出无数海岸上沉积着的贝壳时,总情不自禁地想,从最朴素的角度来论,所谓"贝",不就是贝壳上呈现出的天赋的神秘光泽嘛。所谓《贝之火》,不就是贝壳一样闪烁着妖艳之光的珠子嘛。

比如鲍贝内壳里重叠着很多珍珠层,贝壳晃动,幻彩熠熠,所以从前人们在鸡窝前挂网吊起鲍贝壳,好吓走黄鼠狼。美国西海岸一带的孔雀鲍,浓青底子上散落着孔雀开屏般的华彩,冷彻的静寂里上演着残酷而豪奢的仪典。有着可爱的英文名"Purple dwarf olive（紫色小榧榄）"的小榧螺[1]，同样有媲美鲍贝的光泽和色彩深度。若从大小看，小榧螺更接近《贝之火》里的宝珠。小榧螺就像是把灰中泛青的奶油倒进模具后翻出来的，隐含淡紫和绿色的暗影，间或横斜着褐红细纹，光泽和外形都简直是欧珀石的翻版，由此提醒了我们，欧珀石的色彩魅力和贝壳的特性何等相似。

美国原住民的墓中曾发现了很多用作装饰和咒物的孔雀鲍和小榧螺。这些出土文物和朝鲜螺钿装饰品相差并不大。朝鲜螺钿工艺是将鲍贝、夜光贝、海螺和冠蚌等几十种贝壳剥离成极薄的螺钿片，再贴合成各种精巧图案。用螺钿装饰出的日用品，凝练了贝壳之美。说到这里我忽然想起来，大约二十多年前，我住在首尔时，寄宿处的女仆每天早晨都要精心擦拭一遍房东夫妇卧室里的巨大黑漆螺钿柜。现在想起来，女仆的身影动作，和用红雀毛擦拭宝珠的荷摩伊几乎一样。

话题岔远了。让我们再回到《贝之火》吧。

除了宝珠的玄妙之美外，还有一件重要的事值得讨论。那就是童话最后荷摩伊的失明。

荷摩伊的失明和贝之火的凋落是对应发生的，两者双双最后

---

[1] 小榧螺，贝壳中型，坚固，螺塔短。壳表有光泽和美丽的斑纹。

变浑浊了,灰白如铅珠,这当然可以被理解成因果报应,但这样一来就忽略了作品里的丰富意象和隐喻象征。这颗越看越浮现奇幻光彩的宝珠,在某种意义上是"观看"的隐喻,与 H.G. 威尔斯[1]的短篇《水晶蛋》和博尔赫斯的《阿莱夫》同属幻想球体的系谱。

如果再把贝之火看作是"失去的纯真"的隐喻,那么又让人想起奥逊·威尔斯《公民凯恩》的开场戏,一个雪景水晶球从年老衰败的报业大亨手中滑落,裂成了两半。贝之火裂成两半,其实是荷摩伊视力消灭的同义,而荷摩伊每天用红雀羽毛对宝珠的百遍擦拭付出的辛苦也一同灰飞烟灭,眼睛的机能已摩灭殆尽。

接下来荷摩伊该怎么办?依我看,他要想恢复视力,只能完全栖身在触觉世界里,再次诉诸于抚摸的动作。长久以来被视为《圣经》外典,直到 1546 年才在特利腾大公会议[2]上得到承认的《多俾亚传》[3],给这个问题提供了意味深长的启示。

《多俾亚传》讲的是亚纳的丈夫托彼特因为原因不明的处罚成了盲人,经历八年磨难终得治愈的故事。某天托彼特冒着危险

---

[1] H.G. 威尔斯(Herbert George Wells, 1866—1946),英国著名小说家、新闻记者、政治家、社会学家和历史学家。他创作的科幻小说对该领域影响深远。
[2] 特利腾大公会议,指天主教会于 1545 年至 1563 年间在意大利北部的特利腾与波隆那召开的大公会议。代表了天主教会对马丁·路德的宗教改革的决定性回应,并对天主教会的教义和教导作出澄清,是天主教会历史上最重要的大公会议。
[3] 《多俾亚传》,属于天主教和东正教《旧约圣经》的一部分,描述一个充军亚述的以色列家族的故事。

为绞刑而死的犹太同胞收尸埋葬，当天晚上，他在庭院中休息时，头顶结巢的麻雀遗下热粪，落入他眼睛内，让他的眼睛泛起一层白膜，没有医生能治好。多年后，天使辣法耳出现在托彼特的儿子多俾亚面前，告诉多俾亚将鱼胆敷到托彼特双眼上，托彼特会双眼发痒，然后用手擦拭，白膜就会脱落，双眼就能重见光明。多俾亚遵嘱去做，奇迹果然出现，托彼特终于从盲目中得到了解脱，他终于又看到了儿子的身姿，却始终看不见站在多俾亚身边、守护引导着这一切的天使。

利戈齐[1]、比安基[2]、鲁本斯和伦勃朗等众多画家，都留下了相关版画或素描。哲学家德里达曾受卢浮宫嘱托检索了相关画作。他写道："在这一切治愈的表象当中，鱼的胆汁并未出现，我们看到的都是手的动作，是擦拭，或者徒手，或者手里拿着器具。"

是的，为了治愈失明，人必须自己把手放到眼睛上，去"擦拭"。现在，我正在看鲁本斯的一幅同题材画，多俾亚正将手放到老托彼特的眼睛上。儿子即光明。他用自己的形象，恢复了父亲的视力，同时，儿子也代表了丧失了的视力，德里达接着说明。

摩灭了的眼睛怎么复原，诞生于日本中世的《说经集》中的

---

[1] 雅各布·利戈齐（Jacopo Ligozzi, 1547—1627），意大利画家，文艺复兴晚期矫饰主义代表人物。
[2] 皮埃特罗·比安基（Pietro Bianchi, 1694—1740），巴洛克时期的意大利画家。

鲁本斯原作《多俾亚替父亲恢复视力》，藏于卢浮宫。

一节，给出了相近的启示。

著名的《山椒大夫》的结尾，厨子王洗清了父亲的冤名，报复了当年百般压榨奴隶的山椒大夫一族，坐船去虾夷岛寻母，最后终于母子相见。母亲卖身为娼长年尝尽辛酸，此时已经失明，沦落到在千丈粟田里赶鸟的悲惨境地。厨子王激动地抱紧母亲，母亲以为是别人戏弄她盲目，四下挥舞手杖想驱赶他，厨子王为了证明身份，掏出姐姐安寿生前须臾不离的地藏菩萨护身符，让母亲用手摸。那是从前安寿的额头被烙印时，代替她承受了火伤的地藏菩萨。

厨子王听闻此言，说道："此言甚是，吾亦有一物。"

遂取出护身地藏菩萨，置于母亲双眼，唱道："善哉善哉，光明重现，眼疾立愈。"三度抚之，其母久溃之目，豁然启开，明朗如铃。

这里的盲目复明，是通过用神圣之物摩擦来实现的。通过摩擦，地藏菩萨的法力深入到病患部位。反之，对地藏菩萨来说，这也是一场极其轻微的摩灭。菩萨的摩灭，使别的摩灭得到了拯救复原。对母亲来说，厨子王本人就是恢复了的世界，这和托彼特同理，站在眼前的儿子，就代表了光明本身。是擦拭的行为实现了奇迹。

我很喜欢沟口健二导演的《山椒大夫》，因为有森鸥外近代改编的部分，电影在情节上和原本的《说经集》有少许出入。在电影里，母亲被卖到佐渡岛为娼，厨子王找到她时，她一身褴褛被人遗弃在荒凉海岸上。她不明白站在眼前的是厨子王，只当是惯常的恶作剧顽童，想把他赶走，并拖着跛脚想躲进茅草屋里。厨子王迎上去，掏出父亲留下的观音像塞进母亲手里。那是一尊久经沧桑的观音像，表面早已摩灭不清，没有了凸凹起伏。她摩挲了一阵，终于回想起了往事，虽然看不见，但知道站在眼前的真的是自己的孩子。

和原作《说经集》不同，沟口在电影里没有给母亲恢复视力。母亲问，女儿安寿是否安好，厨子王号啕，回答如今只剩下自己和母亲了，这部哀恸的电影就在此时戛然而止。沟口最后将镜头高高拉起，远眺抱头痛哭的母子，镜头越拉越远，将远处一个在岸边捡海草的渔夫也纳入画面，荒凉海湾，一面全景。沟口的这种手法，让人想起老勃鲁盖尔[1]的油画《伊卡洛斯的坠落》。

沟口健二冷淡地拒绝了中世民众渴望的大团圆结局。无论怎么擦拭佛像，一旦盲了的眼睛是不可能复明的。在我看来，与其说沟口的绝情体现了宗教被科技取代的二十世纪世相，不如说那来自导演自己无情的世界观。最后老妇的手重合到摩灭的观音像上的镜头，我无论看多少遍，都会伤感到喘不上气来。导演特意安排这个镜头，仿佛在向观众展示现世残酷，不可能出现奇迹。我们从银幕上看到的，不仅是摩灭了的观音像。厨子王和母亲的人生，也都摩灭到了极致。

摩擦和磨损之间存在着不可思议的关系，互相类似又全然相反。摩擦出于自主意志，摩擦提高了事物的精度和光泽，让物体增辉、增值。《贝之火》里荷摩伊擦亮宝珠，斯宾诺莎为了生计修磨镜头，第二次世界大战前的日本女子师范学校歌唱"玉不琢不成器"。反过来，磨损不受自主意志控制，是价值的消减。但

---

[1] 彼得·勃鲁盖尔（Pieter Bruegel，约 1525—1569），十六世纪尼德兰地区最伟大的画家。一生以农村生活作为艺术创作题材，人们称他为"农民的勃鲁盖尔"。

摩擦和磨损有时也以意想不到的形式重叠、互补。在宫泽贤治的童话里，小兔子从摩擦的极致走向摩灭，古犹太人托彼特和日本中世盲人用摩擦恢复了摩灭之眼。这两种运动，究竟有什么不同？

牙齿与宾头卢

有句成语是，齿亡舌存。

意思是刚硬之物容易折断消损，柔软之物则常能保全。据说是老子探望老师常枞时说的话，典出汉代刘向的《说苑》。当然老子这个人物的生平充满谜团，是否说过此话令人生疑。不过，这从主张无用之用的老庄一派口中说出，倒也顺理成章。我学到这句成语是很早以前的事了，当时马上联想起的是达利画的《毕加索肖像》，画上毕加索的脸软绵绵的，像是要融化，一条长舌怪异地向外伸展着。

想想人的一辈子，就觉得这句成语是对的。人人老龄，牙齿逐渐脱落，要装假牙填补空缺。也许我孤陋寡闻，但至今还没听说谁的舌头会脱落。当然有人要反驳，严刑拷打时不会截舌吗，但很抱歉，拔掉人家舌头就听不到交代自白了，拷打还有什么意义。舌头是要陪着人走完命数，最后留给地狱里的阎罗的。反过来，如果丧失了说话工具的舌头，那人也与死无异了。

最近我去家附近的牙科医院洗了几次牙。现在的牙科诊所气氛轻松明快多了，身穿白衣的护士姐姐一个接一个地为我服务。拜这里的温柔细致所赐，我终于从四十年前小时候牙科给我留下的恐怖和痛苦记忆里解脱出来了。走在去诊所的路上，我想这是个好机会，可以纯粹地体验一下自己身体某个部分被磨掉的滋味。

躺在柔软的牙科椅上，我的头顶有医疗照明，左右手边放置着各种器材。左边的治疗台上放着三个蟹脚一样细长的工具，分别是马达、牙钻和气枪，这是牙医专用的工具。右手边上是漱口台，治疗每告一段落，我可以在这里用温水漱口，台边还有吸唾管，由护士负责操作。

为了治疗龋齿而磨削牙齿的手法，在牙医行当里叫作切削。马达和牙钻即切削工具，都是不锈钢质地。马达一分钟可转动一万两千次，尖端像微微鼓起的笔头草。马达在耳边响起，发出吱吱嘎嘎的声音。我说这声音太惊人了，牙医面不改色地回答我，这不是用来磨牙的，马达只是调整金属牙冠高度和形状的附属工具而已。

负责切削的主角是牙钻，这家伙既能钻出深洞，也能磨平牙齿表面，不同的前端负责不同用途。用雕刻刀来形容的话，可能比较形象。牙钻尖端镶着微小金刚钻石，每分钟回转五万到六万次，就是说一秒钟回转千次，如此速度人眼已经无法捕捉。实际上治疗时也只能听见微弱的呜呜声。前端侧面开着两个小孔,水从孔中流出,降低了摩擦产生的高热。

气枪和吸唾管都是切削时要用的辅助工具。气枪负责吹开磨掉的碎屑,吸唾管吸走唾液和钻头流出的水。以上就是切削要用到的全部工具。

我躺在椅子上,姿势和在理发店理发或蒸桑拿时享受搓澡相似,却不能轻松地和人聊天,还要保持一定的紧张感。牙齿被削磨的感觉,很难用语言形容,用田村隆一[1]的话说,酷似"为了掩埋新的尸体,正在冻得硬邦邦的土地上掘坑"(《秋津》)。我能感到微妙的震动和压迫,牙钻接近牙神经时,会感到嗞的一下刺痛。放松不了啊,小时候的惧怕重又浮上心头——看牙医时一不小心就可能尝到上刑的滋味。

人的身体大概可以分成皮肤、肌肉、内脏和骨骼。牙齿接近骨骼的范畴,甚至可以说,牙齿是裸露在外的骨骼的前线基地,是唯一一处能让人实际感受到自己正被切割削磨的地方。削磨牙齿时产生的震动,是一种只在表面无限蔓延却辨不清中心位置在何处的微小震动,是一种压迫感。如果不是牙齿,而是更柔软的皮肤来承受,那这种震动就像一阵瘙痒。我开始想象,至今为止我见到的无数正在摩灭途中的家具器物、建筑和神像,如果它们

---

[1] 田村隆一(1923—1998),日本诗人、随笔家、翻译家。与谷川俊太郎、吉增刚造并称为战后代表诗人。

也有知觉，那么，摩灭的感觉对它们来说，就和我在牙科里的感觉一样吧，虽然轻微，却要一直不间断地感受下去。

是的，治疗牙齿和在理发店理发、在桑拿享受搓澡不一样，治牙的过程隐约弥漫着一种肃穆。我这么说，并非因为治牙有时会带来痛苦。在古代，牙齿、头发和皮肤都可以用在巫术里，所以有些身份高贵的人对自己的发肤处理得异常谨慎。话说回来，哪怕剪掉头发除去体垢，也没什么可惜，只觉得更清爽，毕竟头发会再长，身体会再变脏。而牙齿就不一样，牙一不小心拔掉了就覆水难收。我们成年后每掉一颗牙，都会觉得自己离死近了一步。据说美国的牙医对拔牙毫不犹豫，而日本有些牙医，甚至把拔牙看作是自己治疗技术的败北。我想起仓桥由美子[1]某个短篇小说里有这样的细节——牙医父亲把从患者口中拔下的牙齿都收集起来，并给这些牙上供做佛事。这种事大概只有日本人才做得出。我想，其中有种巫术般的对牙齿的秘密崇拜吧。

牙齿究竟会不会摩灭？我想知道，牙齿的损伤该不该算进摩灭的范畴。牙齿受表面极其坚硬的牙釉保护，世上的物质只有金刚钻才能削磨它。正如我在前文所述，牙钻上要有金刚钻，而唾液则不可能溶解牙齿。

---

[1] 仓桥由美子（1936—2005），日本著名女作家，以讽刺宗教、反对教条主义和霸权思想而著称于世。作品从"反现实"角度出发，极富西方后现代风格，同时又兼具日本古典美学。

话说回来，牙釉虽然坚硬，却未必持久。不如说牙釉出奇地脆弱，一点小意外就可能引发损伤。而牙釉下的象牙质虽然在硬度上稍有逊色，但耐冲击，很少欠损。所谓龋齿，是牙釉中含有的磷酸钙不足时，附着在牙齿之间或内侧的齿垢中细菌增生的现象。若要形容，侵蚀二字最为形象。磨牙导致咬耗，不正确的刷牙方式导致磨耗。

如果牙齿真的有所谓摩灭的现象，应该只限于在外部的不断刺激下牙齿发生缓慢损伤的场合。我听说，加拿大北部的因纽特人有用牙齿鞣制皮革的习惯，时间长了，他们中有些人的牙齿摩灭到了令人惊惧的程度。还有，澳大利亚的原住民里，有的部族在烹饪袋鼠时会放小石子。好像他们想用小石子磨平臼齿，牙齿一旦没有了沟槽，细菌便难附着，这也是一种预防龋齿的办法。在这里，摩灭反而让事物长存，令人啼笑皆非。

抛开这些个体现象，从人类整体来考量就会发现，我们无法否认人类的牙齿正在缓慢地退化。从考古学的角度看，与古代相比，人类摄取的食物在近代急剧变软，而食物的软硬会影响骨骼和容貌。我们正在逐渐忘记"咬"的力量，无论是用啃齿咬断丝线，还是在打斗时死咬对方，都离我们越来越远了。二十世纪人的咬合力只有古代人的六分之一，这个结果一点都不奇怪。

与古代人相比，现代人整体上颚骨变细变窄，脸型也从粗壮四方渐渐变成长脸。与颚骨退化并行的是牙齿的退化。第三大臼齿，即所谓的智齿已变得无用，随着世代更迭，出现率已越来越低，早晚有一天智齿会彻底消失吧。那之后又将发生什么？恐怕再过很长时间，就会轮到第二大臼齿。牙齿在人类历史里，的的确确地正处于退化中。从某种意义上说，这是一种浩瀚时间带来的摩灭，只不过时间并没有什么具体的动作，只是将仅次于金刚钻的世上第二坚硬之物慢慢地引向消亡罢了。

先将远景放置一边，当下的现实是，牙齿依旧是人体最难以摩灭的部分。那么人体最易被摩灭的又是什么部位呢？

我想应该是指甲。大家都有这种体会，刚剪完的指甲断面十分锐利，摸着不舒服，我们通常会用指甲锉修整。但此举是多余的，剪完的指甲过一阵子就会变得圆滑，让人忘了之前曾修剪过。在巫术的世界里，要想诅咒谁，用他的指甲或牙齿格外有效，听上去很奇妙。更奇妙的是，虽然指甲的前端容易摩灭，但摩灭绝不会深入到指头里，就像有一条不可逾越的界线在那儿，摩灭只限定发生在长过指尖的那一小段里。

阅读藤枝静男的小说很有愉悦感。愉悦之一，是目睹书中人物的躯体在漫长时间里如何变化，如何慢慢走向死亡和崩溃。更准确地说，是通过阅读感悟到书中有一种睿智而强韧的视线。

藤枝先生在第二次世界大战之前从医学校毕业，后来在市井小街里当了一辈子眼科医生，并在行医的空当里写了很多小说。他书中人物的原型，有患肺病而英年早逝的兄长、苦命的侄儿，以及被疾病折磨了三十年，最后力竭而死的妻子。他目睹亲人一个接一个地罹患痨病而死,不难想象,是满心的怅惘促使他走上写作之路。就这一点而言,他敬志贺直哉[1]为师,终生信守志贺倡导的私小说的文学理念。但是了解他作品真实面貌的读者会从他的书中窥到以往私小说所不能及的恐怖怪诞和虚无,窥到他对这个世界的强烈嫌恶,并为之惊叹。某种意义上说,藤枝的作品与超现实主义有共通之处,完美地展现出一种纯粹状态中的荒谬。

中篇小说《空气头》的前半部分,从一个无限接近藤枝本人的"我"的口中,述说了妻子与疾病搏斗的经历。

"我"和妻子于昭和十三年(1938年)成婚,妻子怀着二女儿时,回娘家待产,从罹患咽喉结核奄奄一息的亲姊那里感染了结核菌。妻子很快病发,战争期间一直在"我"工作的海军医院住院治疗,接受了气胸疗法,疗效颇好。眼看着她渐渐康复,不久后就能出院回娘家,然而战后的混乱局势再次引发了病魔。妻子转移到天龙川边上的疗养院再次接受气胸疗法和肥胖疗法。好不容易恢复到了能出院回家的程度,终究"在X光片里,胸膜出现了明显的肥大和粘连,压迫到肺,导致抵达肺部的空气量极端减少"。随着时间推移,医生的脸色越发倦怠,在给妻子做气胸治疗时几乎一脸敷衍。

---

[1] 志贺直哉(1883—1971),日本作家,"白桦派"代表作家之一,被誉为"日本小说之神"。其代表作包括《在城崎》《佐佐木的场合》《好人物夫妇》等名著,以及历史小说《赤西蛎太》等。

紧接着，另一位医生在妻子左肺上叶发现了空洞，妻子由此开始了长期药物治疗。而结核菌在药物难以抵达的部位继续增殖破坏组织，空洞扩展到了无药可救的程度。于是妻子又接受了胸廓手术，切除了五根肋骨。术后空洞并没有消减，依旧在释放病菌。再三犹豫后，妻子被转移到别的疗养所，准备做肺叶切除手术。

"肺上叶多处部位和胸膜紧紧粘连在一起，脊椎和大动脉之间的部分形成了死角，很难剥离。出血量远超过预计，血管本身已很脆弱，难以结扎，手术途中输血凝结，血压急降到了六十毫米汞柱。"医生事先告诉"我"，这是一个极其危险的手术，但"我"还是默默强迫妻子上了手术台。手术暂时成功了，但排菌[1]依旧没有停止的迹象，一切又回复到了和以前一样的状态，直到一年后才找到原因。原来，上一次的手术漏掉了支气管上的溃疡。于是医生用内窥镜找出病灶，决定直接用硝酸银溶液腐蚀溃疡。但此时妻子已经厌倦永无止境的住院生活，没等治疗结束就回了家。"有天早晨，一阵异物感和轻咳之后，一条细细的黑色丝线裹在薄薄的凝胶状痰里，从妻子的咽喉涌了出来，那是手术时支气管创口处的缝合线。线一直在刺激临近溃疡的黏膜，拖延了愈合时间，此时作为异物被排出来，本不是坏兆头。然而，这也意味着创口断面闭合得不好，有可能发生最危险的穿孔。那

---

[1] 带菌者将病原体排出体外。

是一段不安定的日子,每一刻都在胆战心惊,日夜暧昧模糊了,时间缓缓从我们头上流走。"

之后又有黑线从妻子口中咳出,高烧持续不退,终于有一天傍晚,妻子给我看了"一条泡涨到三号线那么粗的线,上面附着着铁锈色血块",那是手术时结扎胸廓内血管的缝合线。"我"最担心的事情终于发生了——支气管上出现了穿孔,溃疡处滋生的结核菌已侵入胸廓内部。妻子又被送回疗养所。长期的药物治疗已经损伤了她的听力,如果再服用新的抗结核剂,恐怕连视力也保不住了。

二十五年来一心一意看护妻子病情的"我"回顾到这里,忽然像发出了一声长叹,写道:"今天我愉快地空想了一下妻子离世时的情景。"

真是一场堪称悲壮的记录。书中这些记载,恐怕就是现实中作者妻子的亲身体验。即使到了如此地步,"我"也没有完全放弃希望,仍然发出豪言:"医学检查和治疗法还有很多。"并接着说,"只要朝着目标冷静地往前走就好了"。真不愧是职业医生,对医学有强大信心。这里也流露出丈夫对妻子没有说出口的爱意。

然而除此之外最打动读者的,是时刻都在发生变化的妻子的病情和针对变化一个接一个登场的奇怪疗法。几十年过去,妻子的肉体饱经磨难,经历了来自结核菌和医生之手的粘连和穿孔、空洞化和切断、缝合和腐蚀,丧失了原形。她在精神上也极致疲惫，不仅丧失了一半听力，现在还面临失明的危机。而藤枝静男，凝视着这一切从未退缩半步，精神如此强韧，他的坚定之姿一直深深化入充满质感的文字里。

作为现象的摩灭，在这里并未露脸。话虽如此，肉体细部的穿孔和疤痕、咳出的缝合线等现象，描述出二十五年时间里妻子肉体上不断进行着的残酷而真实的变化，与此过程同步展开的，是妻子如何走向人生的精疲力竭。

后来，妻子的生命结束了。藤枝在妻子死后发表了短篇小说集《徒有悲哀》，读后便会明白，他想描写的，并不仅仅是看护病妻记录所呈现的那些，他想观照事物的变化过程。藤枝作为作家的资质，就在这深邃的观照里。

偶然有机会，我去了一次第二章提到的善光寺。去的目的既不是参拜阿弥陀如来本尊，也不是参加善光寺著名的"御戒坛巡游"。我只是想再看一眼三十年前见过一次的阿宾头卢。

阿宾头卢是俗称，正式名称应该叫宾头卢尊者，他是释迦的高徒，位列十六罗汉首位，是司掌医疗的神格，梵语名为"宾头卢跋罗堕阁"。翻看手边传记，得知他原是婆罗门贵族，拘舍弥国优陀延王之臣。传说有一次大长者召开布施大宴，邀请了释迦和众罗汉，阿宾头卢也在被邀之列。他生性活泼散漫，不想步行走远路，便施展法力从宴席上召来了整盘佳肴，一番饱食，酒酣耳热，为此惹怒释迦，被罚永世为罗汉，不能成佛。

我眼前的阿宾头卢，是一尊高约六十厘米的木像。胸前结着红色袈裟，盘坐在藤紫色的坐垫上。左手安放于膝，右手结掌向前伸出，身挂白、粉、黄、绿等彩色折纸装饰。木像整体泛黑，只有头部发白，或许这是因为传说中他本是鹤发白眉老者。木像大耳下垂，一派福相。

这尊木像最引人注目的，是惊人可怕的摩灭之相。眼睛已经磨平，看不出眼窝在哪儿。颧骨到鼻梁间只剩下一片泛着油光的光滑木纹，仔细看才能勉强找出所剩无几的鼻梁线条。右手拇指不见了。不仅拇指，所有指头都只剩下第二关节以下的部分。

因为传说中他司掌医疗，所以民间诞生了摸像治病的信仰。信者从日本各地源源不断涌来，触摸摩挲木像，向木像发愿。由此，木像渐渐摩灭，脸、肩膀和膝盖的部位尤其严重，我深深感到，木像仿佛接过众生的病痛背负在了自己身上，身陷于污秽和痛苦中更显出崇高的神性。我在像前静立的这一会儿工夫里，一群游客走过来，其中一人喊出"啊，在这里呀，在这里呀"，另一人感叹"摸得太多了，木头都被摸瘦了"，还有一人一边嘟囔"要是摸了头，我的头发会不会长出来"，一边伸长手去摸木像头顶。每个人看上去都很欢喜，也许木像自己也在为自身的零落之姿颔首微笑，他那张摩灭到平滑光亮的脸，不就是喜悦的极致呈现吗？

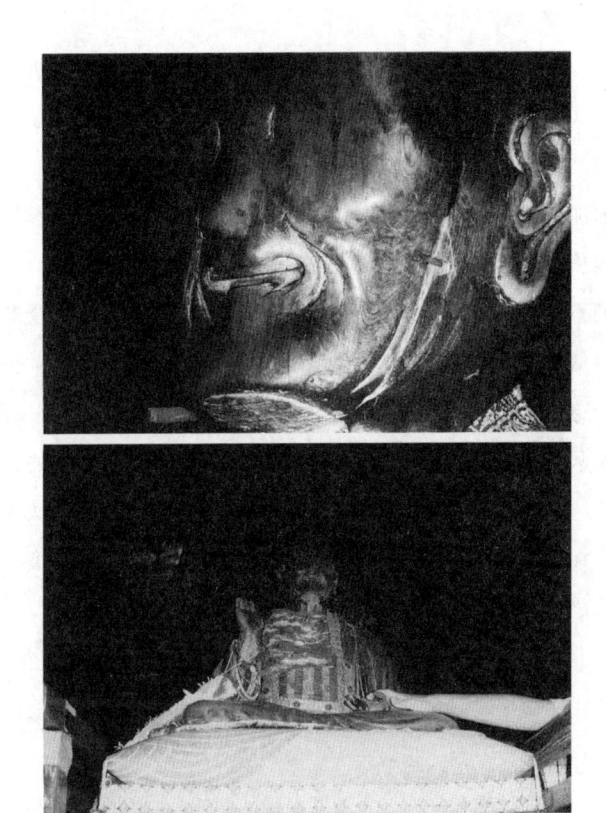

长野善光寺的"阿宾头卢"。著者摄。

　　善光寺的宾头卢像是哪个年代安置的，没有明确的记载。寺院本身是为了供奉522年从百济[1]传到日本的阿弥陀如来像，于

---

[1] 百济，是扶余人（公元前3世纪）南下在朝鲜半岛西南部（现在的韩国）建立的国家，公元660年灭亡。中国的汉字、佛教、制陶技术和其他文化大多都是通过百济传入日本。

第一辑　消减之相

644年敕建而成的。木像不可能从那时就有，想来应该是进入江户时代后，百姓间兴起参拜善光寺的习俗。比如借火灾之后寺院重建之机，某位诚信者捐赠了木像。其实，现存木像也未必是最初的那尊，木像在人手触摸之下摩灭毁损甚重，也许在某个时刻，其他信者为了祈愿自身疾病早日痊愈而捐赠了第二代、第三代。人们不称其为宾头卢尊者，而直呼阿宾头卢，这样很好。受老百姓笃信爱戴，才会有昵称。

这尊木像被安置在善光寺正面入口的右侧，虽然上有屋檐，这里只算外阵。弥勒佛等诸佛都安置在内阵[1]和更深处的内内阵[2]。空间严格区分开了阶层。因为散漫而不能成佛的宾头卢尊者，在寺院中也须甘受永世停留在等级最低之处的待遇。要找阿宾头卢很容易，他身边永远围着一大群人。

我合掌拜过阿弥陀佛，捐了香火钱，规规矩矩地摇了福签，想买张明信片做纪念，就去成排的纪念品店里寻找。不可思议的是，在店里找不到一张阿宾头卢像的明信片。大都是从各个角度映照着阿弥陀佛和来迎二十五菩萨像的照片，画面肃穆，与阿宾头卢像形成巨大反差。宾头卢尊者治愈病痛的神格，也在此处被区别对待了。也许，木像并没有被当作信仰对象，有人大概认为它作为艺术品没有那么高的鉴赏价值，不值得专门做成明信片传

---

[1] 内阵指于佛堂或变相图绘等安置本尊之中央部分，其外侧称为外阵。又佛殿内僧众之坐处，区划内外，内部为内阵，外面为外阵。

[2] 寺庙佛院本殿中最内部、安放神体的地方。

播到远方吧。

宾头卢像远离了结实牢靠的基坛,坐在外阵侧墙边上,好像是被硬塞在那里。和常见的宾头卢不同,木像头戴棉布财神帽,身围褪了色的麻质单衣,感觉已被遗弃很久。快要滑落的衣服间,能窥到嶙峋肋骨,歪斜的帽子下,一张纵纹深刻的瘦脸,镶嵌着水晶片的眼珠苍白浑浊,让人心生悲哀。

这是藤枝静男在妻子死后发表的《瀑布与宾头卢》中的一节。此木像并不是善光寺里的那尊,而是他所住的滨松附近寺里的。那是一座天龙川深处的临济宗古寺,木像被安置在那里,无人造访。

对职业眼科医生藤枝来说,宾头卢信仰是多年来的宿敌。找藤枝看病的大部分患者,是附近农村和渔村里的百姓。他们患了沙眼病,就会去寺里抚摸木像的双眼,虔诚祷告,沙眼病菌由此传播开,以致有人久治不愈,患慢性沙眼后失明。"身为医生,我早就觉得宾头卢碍眼了,他反而促成了这种顽固慢性病的传播。在我看来,他那被摸了成千上万次油亮发黑的全身,在阴暗的佛堂里,简直毛骨悚然,又幼稚,又丑恶。"

话虽如此,他在书中显示的态度,仿佛是想和过去的宿敌和解。"这座宾头卢像虽然粗陋,在我眼里却很柔和。他退役了,再不会被抚摸,膝前积落着一片白茫茫的尘埃。"藤枝接着提到宾头卢成为释迦弟子之前的古早行迹，传说他原本是"司管粪尿的神"。在古代，排泄物是诊断疾病的重要因素。一想到这里，藤枝觉得"自己和他有几分相似，不由得想笑"。

读到这里，我感悟到他的病妻物语终于画下了真正的句号。他在《瀑布与宾头卢》里没有直接提及病妻。书中所描写的，除了宾头卢尊者像，还有荒废的学校、无人居住的公寓、只剩痕迹的旧路、草屋废墟，以及被无数岩石堰塞、再听不到水声的瀑布，所有风景和物质都迎来了终焉，被时间摩灭到只剩微痕。重读一遍小说后，我想起了玛格丽特·杜拉斯拍摄于七十年代的一部奇妙影片。片中呈现的只有一个室内，那是一处曾经豪华过、几十年前就已化为废墟的殖民地风格建筑。两个小时里，没有任何人影出现，只有早已消亡的人声幽灵般地回荡在房间里。

站在医生的理性立场上一直憎恶宾头卢尊者的"我"，在生涯的最后，重新站到了尊者的面前。宿敌已经不再为敌，而在无人顾及的地方空蒙尘土，"他"已谢幕，"我"也完成了看护妻子和作为医生的职责。剩下的，就只有回想着已摩灭的过去时光，惺惺相惜而已。《瀑布与宾头卢》的结尾显示了一场巨大的和解。摩灭的，不仅是"我"和宾头卢，还有那条严密分隔生和死、让生死宿敌对立的界线，也在反复的摩灭中徒留痕迹了。

废弃的王都

吴哥窟深藏在一片树海里。

站在巴肯山顶向下眺望，无限伸展开的浓绿里，有一块围出来的正方形，正方形里重重建构，正中一座高塔，被四座副塔守护，完美的曼陀罗构图。高棉帝国的君王依据印度教的宇宙观在此构造了世界中心"须弥山"的雏形。君王临于其上，他不仅因赫赫武功而掌握世俗权力，还要担当祭司，决定世界之死与再生。壕沟代表了四条大河汇入之地，是围绕着世界的大海。吴哥窟外侧有东西向的巨大储水池，周围曾有一望无际的水田，内侧入口处装饰着水的化身——九头大蛇那伽，以凶波化为细水的瞬间为姿，象征了王的权力。端坐在吴哥最深处的王，统治着世上的万水之水，用灌溉给农民带来富足和秩序。

这座大城在荒废的六百多年间，储水池大半干涸，水田化为密林，寺院墙壁上精美雕刻尽毁，跨越壕沟向深处伸展的道路上，大半铺路石破碎不堪。整座城市就是巨大的废墟。我已走过无数废墟，从地中海沿岸到中东波斯，而吴哥这么壮阔而孤独的废墟却是第一次见。此刻我眼下的密林，直到二十世纪九十年代初，还是波尔布特[1]势力横行的危险地带，至今残留着大量尚未排除的地雷。黄昏来临，白昼热气渐散，只听到鸟儿在丛林中发出高昂而悠长的鸣叫，看不到鸟影。我小心翼翼地避开野狗粪，沿着昏暗小路下山。有车在山下等我，载我回城。回首，身后吴哥窟已是暗沉黑影，四下一片连绵的蛙声。

去吴哥窟看看是我长年的梦想。此处在中南半岛深处，过去有极尽奢华的寺院，璀璨而荣光。后来被遗弃，成了猴子和蝙蝠的巢穴。据说这里墙壁上镶嵌着宝石，尖塔里隐藏着王朝巨宝，然而要想走入，就得防备当地人的敌意，扯开纠缠盘结的藤蔓，躲避执拗的虫咬。

过去我对吴哥窟的幻想既朴素又天真，是因为我在十五岁时读过安德烈·马尔罗[2]的小说《王家大道》，并深受其影响。对当时中学生的我来说，刚从凡尔纳的科幻小说里毕业，《王家大道》讲的故事正好是理想的续接。一个野心勃勃的法国青年与熟悉当地情况的老者结伴沿着湄公河北上，想盗取遗址里的浮雕。他们历尽辛苦终于将巨石运出了废墟，却遭到当地雇来的随从的

---

[1] 波尔布特（Pol Pot，1925—1998），原柬埔寨共产党（红色高棉）总书记。1976年至1979年间出任民主柬埔寨总理。

[2] 乔治斯·安德烈·马尔罗（Georges André Malraux，1901—1976），法国著名小说家、评论家，代表作有《人类的命运》《纸月亮》《西方的诱惑》等，曾获得龚古尔文学奖等荣誉。

告密，被当地人抓进牢狱。小说的结尾，同伴老者脚上负了重伤，悟出自己已死到临头，内心一片虚无茫然。

如今再读这部长篇，发现我记错了不少内容。作者马尔罗本人二十二岁时因为盗窃吴哥窟北四十公里外女王宫的壁画而被起诉，一度被判在金边服刑三年。时值二十世纪二十年代中期，法国成功地将柬埔寨纳为保护国，正准备对遗址进行正式调查和修复。想必当时有很多和马尔罗一样的年轻法国人，是做着发财梦踏上这块土地的。

去吴哥窟的路蜿蜒曲折。柬埔寨虽然于1953年摆脱了法国之轭宣布独立，但七十年代波尔布特成立红色高棉政权，柬埔寨实际上一直处于锁国状态，大屠杀和破坏持续不断。伟大的吴哥窟也在劫难逃，直到1993年，才对外国游客开放了其中的一部分。当时如果错入密林一步，依然有可能遭遇波尔布特残党。据说直到九十年代中期，即便游客许下高额酬劳，当地导游也不愿往女王宫方向多走半步。首都金边也一样，政局不安定导致治安持续恶化，外国游客被忠告要极力避免夜间外出。从大屠杀到现在过去二十多年，这个国家依然荒废着。只有围绕着寺院和王宫的大自然，肃穆无语，以一派壮阔磅礴之姿压倒了俗界的喧嚣。

这里简称的吴哥窟，严格意义上讲，只不过是古代高棉王朝在洞里萨湖北部建设的数目多达六十乃至二百个寺院群中的一个。在深入文章主题之前，我们先来简括一下王朝历史。

高棉国王阇耶跋摩二世[1]统一了分裂的民族后，于九世纪初开始在暹粒附近修建都城吴哥。王国深受印度教文化影响，在吴哥附近数次迁都。每迁都一次，都要大肆修建宫殿和寺院。九世纪末，王朝打败了邻国占婆（越南南部）。国内局势安定后，王朝开始大规模地修建灌溉系统，在吴哥挖掘了巨大的蓄水池。有了水源保障的农民，由此成为国力基础。从十二世纪到十三世纪，王朝一直扩张到现在的老挝、泰国中部、马来半岛和越南南部，都城人口多达六十万。九世纪的京都人口只有十万，对比之下，可以想见高棉王朝当时是多么昌盛。现在的吴哥窟是苏利耶跋摩二世[2]在1113年下令修建的，建成用了三十年时间。这座在古高棉语中意为"寺院之城"的建筑群有着双重性格，既是献给毗湿奴的寺院，也是为神之化身——君王准备的陵墓。1181年，阇耶跋摩七世[3]下令修建比吴哥寺规模更大的吴哥城（Angkor Thom），这位君王笃信大乘佛教，除了吴哥城，还建造了一百零二座治疗院和一百二十一座客栈，深受民众爱戴。这位英明君主努力想把印度教和佛教融合到一起，这一点，从寺院的装饰上便

---

[1] 阇耶跋摩二世（Jayavarman II，约770—835），柬埔寨（中国古籍称作真腊）吴哥王朝的第一位国王。他使国家脱离爪哇的统治，恢复了柬埔寨的独立。

[2] 苏利耶跋摩二世（Suryavarman II，？—1150），柬埔寨吴哥王朝国王。他在位时是吴哥王朝疆域最广的时代，而他统治留下的最辉煌的成就则是吴哥窟。苏利耶跋摩二世耗费三十年修建吴哥窟，活着时作为宫殿，死后又成了他的陵墓。

[3] 阇耶跋摩七世（Jayavarman VII，1125—1219），柬埔寨吴哥王朝最著名的统治者之一。吴哥王朝的首都吴哥城在他统治时期最后定型。今天吴哥古迹的大部分建筑都是他修建的。

能看出。

然而，高棉的繁荣也至此结束了。十四世纪兴起的暹罗素可泰王朝曾两次攻打吴哥。战争破坏了水利网，致使农地荒废，人口随之锐减，大约在1431年，吴哥终于被阿瑜陀耶王朝[1]攻陷，高棉王不得不放弃吴哥，臣服于暹罗，将都城迁往南部。经由斯里兰卡传播而来的上座部佛教[2]取代了印度教文化开始盛行，至今已成为柬埔寨的国教。寺院墙壁上用梵语和古高棉语记载的历史至此结束，若要了解之后的历史，需要参考十九世纪以后写成的历史年代记。被遗弃都城的吴哥，慢慢地，被榕树和橡胶树密不透风地覆盖住了。

1860年，法国觊觎柬埔寨，派出探险队在密林深处发现了被青苔覆盖的巨大废墟，队员们兴奋地向当地农民询问废墟来历，然而没有一个人知道答案。1901年皮埃尔·洛蒂[3]来到这里，在《吴哥的进香者》中写道：

穿过森林巨树，在不知名的花间穿行一小时，一成不变的深

---

[1] 泰国古代以阿瑜陀耶城（今曼谷北部，意为"不可战胜之城"）为首都建立的王朝，又叫"大城王朝"。
[2] 上座部佛教，与大乘佛教并列为现存佛教最基本的两大派别。又称巴利语系佛教、巴利佛教。因其由印度南传至斯里兰卡与东南亚一带，又称南传佛教。
[3] 皮埃尔·洛蒂（Pierre Loti, 1850—1923），法国小说家和海军军官。以写海外风情擅长，入选法兰西学院院士，享有世界声誉。

绿里，枝条缠绕的密林下，出现了巍峨屹立的浮雕城墙。墙大约有百米宽，四周围绕着全长四里多、被泥土和落叶掩埋的城壕。城墙猛一看就像巨岩，也确实有巨岩那么高，那么险峻。表面覆盖着密密麻麻的荆棘和羊齿蕨，有些部分因为树根的肆意蔓延而扭曲变形。我们要走的"胜利之门"乍看上去就像一个被藤蔓遮蔽的山洞口。

幸好，在洛蒂的时代，没有尚未处理的地雷。但当时要想进吴哥遗址，还是要比现在更艰难。他们拼命掸去粘在脸上的蛛网，闪避开迎面而来的蝙蝠，没有地图可参考，只凭直觉在混杂着麝香的骚臭和熏蒸闷热里，一路走入昏暗的回廊。一不小心还有可能会被蚊子叮咬，染上疟疾的危险。即便当时法国已逐步掌握了政治上的宗主权，当地人也未必买账。那是真正的探险，始终潜伏着危险。洛蒂笔下的吴哥遗址呈现出了巴洛克式的华丽诡谲，让我真切地感受到，写了一辈子笔触轻妙的异国情调小说的作家洛蒂，这次是真实地被吴哥的奇幻莫测震慑住了。

吴哥寺（Angkor Wat）和吴哥城往往被并置在一起叙说，但亲身走一下就知道，两者是在互相对立的原理上建造起来的。

吴哥寺的特点是优雅，有着计算精密周到的景观之美。

吴哥寺最外围的壕沟，边长 1.3 公里，近乎正方形。城壕内侧有三层回廊，一层套着一层，再现了古印度的宇宙观。一条笔直的通道，连接起西面的正门和最深处的寺心。沿着通道前行，穿过一扇又一扇门，随着门的构图变化，映入眼帘的寺心尖塔数量也在发生变化：五座变成三座，三座变成一座，再走一段，又变回五座，设计得相当精巧神秘。

三层回廊的最外侧墙边长二百米，四面墙上刻满了古印度叙事诗《罗摩衍那》和《摩诃婆罗多》里的战斗情景。墙壁的另一侧，先有颂扬苏利耶跋摩二世功绩的浮雕，接以搅拌乳海[1]的场面，最后是极乐世界和地狱。若非有人解说，恐怕很难看明白壁画上都有什么。因为早在洛蒂的时代，这些壁画已经随季节变化，在来此朝圣的人们的抚摸下摩灭殆尽。洛蒂认为，壁画刚建好时表面涂着一层金泥，我不敢苟同。这几百年间，浮雕上凸出的部分，即武将们戴冠的头部和强壮的臂膀部分几乎都被磨平，细部阴影无存，只留下石块本身的灰黑暗光。仔细看会发现，浮雕上原本凹陷的部分里还有些许红印。说不定，壁画最初被涂上的是鲜艳的红色。

从回廊往寺中心走，昏暗的空间里忽然出现陡坡。爬上坡后，进入第二层回廊，这里安置着几十尊佛像，吴哥寺本来是敬献给毗湿奴的神庙，因此这些佛像可能是后来的国王们供奉的。引人注目的是，所有佛像的头都被砍断。再往中心走，便看见通往第三回廊的台阶。石阶歪斜且狭窄，没有扶手根本爬不上去。而上

---

[1] 搅拌乳海，印度教著名的创世神话故事，可见于《摩诃婆罗多》《往世书》《罗摩衍那》。印度神话中，众神所居住的宇宙中心——最高山须弥山四周被宇宙海乳海所包围。众神搅拌乳海为取得其中蕴藏着的可长生不老的甘露。

面，还有一座六十五米高的主塔在等着。

想来这种不自然的陡直坡度是必须的，因为整个结构设计的目的就在于让人每行进一段，便能看到不同的塔姿。我忍不住好奇，当年举行仪式时，国王是以什么姿势登上来的？等好不容易爬上第三回廊时，时近黄昏，正要沉入密林彼端的夕阳，恍若线香花火顶端燃起的橙红火球。待我小心翼翼踩着石阶回到地面，天已全黑了。

如果说吴哥寺是全方位朝向中心收缩的有序空间，那么吴哥城正相反。城在广阔平地上集中了王宫、寺院和祠堂，形成一个多元空间。如果用胎藏界[1]曼陀罗来比喻吴哥寺，那么吴哥城就是金刚界[2]曼陀罗。城的特色，在于中心不止一处，巴戎寺和癞王台等纪念性建筑都只算中心之一。吴哥城的规模远大于吴哥寺，正方形城廓一边长三公里，开着五道城门，高达二十三米的城门上各自装饰着四面观音像。

阇耶跋摩七世建造的巴戎寺是一座大寺，仿佛伟岸的石像排列在一起形成了要塞。此处最特别的，是门和塔上雕刻着五十多尊国王笃信的观音菩萨像。这些观音像和京都或奈良的古寺里供奉的充满纤长女性美感的佛像不同，它们有着高达两米的巨大头

---

[1] 胎藏界的梵文，源自于梵文字根 garbha，有隐藏、包含之意。谓佛性隐藏于众生身中，或理性摄一切诸法，具一切佛功德，犹如子藏母胎。

[2] 与"胎藏界"相对，二者合为佛教密宗根本两部。

颅，鼻梁笔直，嘴唇丰厚，嘴角上扬，笑容悠然，而且头像有东西南北四面。对性情淡泊的日本人而言，虽都身属同一个佛教文化圈，面对这里的佛像却不免感慨自己看到了异相。或许，这里不该写成汉字"观音"，而应用梵语称呼：菩提萨埵·阿婆卢吉低舍婆罗。走进巴戎寺，我立刻想起来从前在罗马附近的波马索的怪兽公园[1]里看到的巨大石像。

几百年里，破坏者们在吴哥出没，却没有对巴戎寺的佛头下手，这与众多佛像断头惨状形成了奇妙的对比。虽然佛头尚在，有的因青苔覆盖而变色，有的因巨石部件重组而错位，原本端正的佛脸上也出现了缺损。

与秩序严明的吴哥寺相比，巴戎寺内部错综复杂，让人错以为自己身在米诺斯的迷宫[2]。寺中既有需要弯身通过的窄径，也有精美的佛像因被石柱挡住隐而不见。一边徜徉于内，一边忖度着佛寺在修建过程中应该多次更改过设计。这座建筑的本质就是混沌不明。从痕迹中可以感受到，原本想造出大宇宙雏形的人的意志不得不屈从于某种宿命的力量，却放不下强烈执念，一心想完成初衷本愿，于是就造成了现在的样子。眺望着这座堪称东方巴洛克风格的寺院，我既为其宏大的规模和彻底的装饰性而惊叹，也感受到了阇耶跋摩七世内心的焦灼。

---

[1] 波马索的花园，也叫怪兽公园，是十六世纪在意大利维泰博省创建的一个花园。其中的雕塑造型夸张大胆，表现出人类的悲伤和震惊。
[2] 米诺斯迷宫的传说来源于克里特神话，在古希腊神话和《荷马史诗》以来的各种文学著作中都大加描写。它号称世界四大迷宫之一。

上段左 / 神牛寺，879 年（寺院竣工年，以下同）。土坯上的漆灰已剥离，脸已看不清。中 / 东湄本寺，925 年。柔软的砂岩又经过了风化。雕像处的孔洞，据说是波尔布特派射击练习的结果。右 / 女王宫，967 年。马尔罗偷窃未遂的浮雕。左手被砍断，有企图搬运的痕迹。

下段左 / 吴哥窟，1113 年。当几百年来覆盖在雕像身上的苔藓被清理后，黑白的刷痕显露出来。中 / 巴戎寺，1181 年。膝盖以下的石块已经脱落了。身体上苔藓留下的白斑十分显眼。右 / 巴戎寺。上半身被苔藓遮蔽，看不清细节。照片均为著者摄。

阇耶跋摩七世在平定了邻近诸国、恢复国内秩序的同一年里开始了巴戎寺的建造。传说他当时罹患了某种神圣的疾病。或许，他自知能以健康之姿出现在臣民面前的日子已经不多，便更执拗地想把寺院早日建成。我想起三岛由纪夫在自杀的前一年发表的戏剧《癞王台》，戏的主角便是这位背负着世俗荣光和沉疴重疾双重宿命的君王，三岛一定是从巴戎寺酒神狂欢般的壮丽景观里，嗅到了不祥诡意。

我在吴哥遗迹群里度过了几日。昏昏暑热中，走在巨大的石头建筑群里，我逐渐领悟到一个事实：这些遗迹构造本身体现了宗教式的宇宙观，试图在人间再现须弥山南赡部洲[1]。寺中的墙壁、石柱和塔，不仅体现了人们想将世间万象都铭刻于其上的强烈欲望，同时，也如实记录了企图摧毁这些铭刻的诸多暴力。不止吴哥寺和吴哥城这些著名废墟，我去过的临近的东梅蓬寺、女王宫、比粒寺、皇家浴池等寺院和祠堂，无一例外，都毁损严重。昔日王朝有多繁盛，凋零的下场便有多悲惨。近百年来，从柬埔寨的保护国法国开始，到印度乃至最近的日本，都为修复遗迹做了很多努力。然而遗迹的崩坏依然在扩展加深，单薄人力根本无法阻挡，这让我心生危机感。久而久之，在未来的某个时刻，这些遗迹终将会化为热带瘴气里的一片褐红乱石和白砂。

在所有的破坏之力里，最显著的，其实是后世人所施加的

---

[1] 南赡部洲（Enbudai），也称南阎浮提。佛教教义中，须弥山是世界中心，四周四大陆，南为赡部洲。

暴力。

根据文献记载，笃信佛教的阇耶跋摩七世去世后不久，印度教中的激进派湿婆主义者，闯入国王为悼念先父而建的圣剑寺，砍平了寺中所有佛面。他们不光破坏，还在内堂浮雕上大动手脚，把佛陀改成了印度教的苦行僧。

对雕像的破坏并未到此结束。后来暹罗素可泰大军攻入吴哥，对他们来说，首要任务就是破坏寺院和祠堂，把吴哥从世界中心的神位上拉下来。通过毁损王的圣性来削弱王的权威，达到动摇民心的目的。柬埔寨决定性的衰落始于十四世纪，那正是高棉人舍弃了废城吴哥迁都他处的时期。国王从雏形须弥山上坠落，意味着他的臣民将要被流放到世界的边缘。

吴哥所承受的最近一次的破坏，是二十世纪七十年代在波尔布特政权控制下的士兵们下的手。表面上，他们把吴哥当作民族荣耀，私底下却以反宗教的理由，砍掉了佛头，把壁面浮雕当作训练用的射击标靶。当越南军队攻入柬埔寨时，他们又一齐躲进迷宫般的寺院内部，与越军展开了激烈枪战。

可以想象，十四世纪吴哥被遗弃后，曾有多少盗贼拨开密树和藤蔓摸进废墟，将他们眼中的宝物劫掠一空。据说圣剑寺和塔普伦寺的中央厅堂墙壁上曾镶嵌着数百颗闪亮的宝石，后来被挖得一干二净。如今我眼前只剩一片黑窟窿，凑近细看，里面无数红蚂蚁在蠢蠢欲动。

偷盗至今还在发生。当年，青年马尔罗横越印度洋来到这里，天真地想把切割下来的巨石运出去，而现在，偷挖古迹的人就更厉害了。他们会事先买通警卫，瞅准时机用精密机械把雕像上最核心的部位切下来，卖到国外的古董市场。带我参观的向导指着一尊天女像，告诉我就在几个月前，此像差一点儿被盗走。仔细看，像的头部阴影里确实有一条被机械切割过的痕迹。柬埔寨政府虽然一直在严惩偷盗者，但无奈需要监控的空间太广阔，加上政局不稳，现状并不如人意。

吴哥这一片遗址虽经历了重重磨难，依旧是高棉农民和渔民的信仰所在，是虔心参拜之地。人们从破烂坎坷的石径一路走入回廊，一边用手抚摸墙面上刻画着的古代君主和英雄们的丰功伟绩，一边祈求护佑。就这样，众多塑像无可避免地发生了缓慢的摩灭，佛像和壁画在千万只脏污之手的触摸下，轮廓渐渐模糊，表面变得一片平滑。与直接加诸在遗迹上的暴力不同，这是一种经历漫长时间的毁损。

人手造成的破坏不可能永远持续，只是时断时续地侵袭废墟表面而已。而大自然对建筑的拆解，徐缓地发生在人力所不能及的深处，这才是真正可敬畏的力量。

遗迹上的众多天女、印度教诸神和苦行僧的浮雕因为裸露在外而发生了风化，细节阴影渐失，只剩下大概轮廓。场所不同，风化的程度也不一样。我所见的巴戎寺第二回廊里的石柱，两个半裸天女贴身起舞的浮雕相隔不过两米，状况却大不一样。靠里的浮雕尽管中间龟裂了，但形状完整，还隐约保留着最初的红色涂料；而靠外侧的已经完全劣化变形，只能看出头部和四肢的大

上段左／斑黛喀蒂寺，十二世纪末。在朝圣者的触摸下，已摩灭殆尽。中／塔布茏寺，1186年。可能是清洗很成功，状态相对较好。最细节的阴影有若干磨损。右／左图邻近部位。即便是相同的材质，只要位置发生少许改变，就会发生如此不辨原形的损毁。

下段左／圣剑寺，1191年。只有雕像部位经过酸液清洗，脸和胸的细节都已磨损。中·右／巴戎寺。描绘着跳仙女舞的这两个浮雕，仅两米之隔。一块位于走廊的内侧，细节的阴影还保留着。而另一块饱经风霜，表面已基本风化，无从想象原来刻了什么。照片均为著者摄。

体位置，整体就像一个抽象符号。

一旦进入雨季，会连下四个月的雨。雨水毫不留情地侵蚀着吴哥柔软的砂岩。我在遗迹中见到的最古老的罗莱寺，建成时砖墙上一定优雅地重叠着白色灰泥。千年过去，自然之力让美丽的装饰变得斑驳破碎，现在墙面上的天女就像得了皮肤病。

自然的破坏力还包括雷击。走在吴哥城中，我看到不少巨树在雷击火灾后剩下的焦黑根部。建筑物也一样，随处可见城墙和塔被雷劈中后开裂崩塌。昆虫的力量也不可小觑，蚂蚁一旦找到红褐色砂岩的薄弱之处，就会在那里打洞筑巢，蚂蚁简直是遗址的天敌。我看到大量倒塌的石柱都千疮百孔，上面爬满了蚂蚁。那种情景，就好像布努埃尔电影里的一幕。蚂蚁堪称最小型又最狞猛的偷盗者。而最大型的破坏者，非植物莫属。

我在一位青年向导的带领下去了塔普伦寺，看到了意想不到的奇景。老树巨大的地上根脉气势汹汹地盘压在摇摇欲倒的院墙上，就像天神出了差错，致使天上流淌下来的毒液蔓延凝固在这儿，形态凶恶。这是热带特有的榕树的气根。这种高达几十米的大树，气根处处分岔蔓延，攀附笼罩在遍生苍苔的遗址上，凶猛无比。"恶魔的章鱼触角。"我忍不住脱口说出《马尔多罗之歌》[1]里的名字。是的，这些气根就像无孔不入、势不可当的怪物，满怀恶意，试图紧紧扼住事物的脖颈。我靠近树根，伸手抚触，树

---

[1] 《马尔多罗之歌》是法国诗人洛特雷阿蒙的作品，这是一部浸透了法国整个文学史、整个文化史的著作。它采用歌的形式，分成长短不等、或抒情或叙事、表面上并无多大联系的散文小节。

根滑溜溜的，就像遭遇了摩灭，同时又十分坚硬，淡茶色中泛着微红。向导指着其中的一根告诉我，直到两年前，这里还能看到一尊美丽的天女像，现在被延伸盘踞过来的树根挡住，恐怕就这么被永远地覆盖住了。

向导说，十九世纪时法国人发现吴哥遗址后，马上就意识到了吴哥的价值，开始着手保护修复。他们采伐了周围的植物，小心清除了墙面上的苍苔，但对塔普伦寺却原封未动，保留了自然如何摧毁文明的原态，仿佛想展示人力在自然面前是怎样的束手无策。如今我们已经很难判断当年法国人的真实意图，究竟是想谦虚承认人的力量有限，还是想把这里当对比反例，傲慢地夸耀自己的修复功绩？就结果来看，只有这座寺院任凭榕树肆意蔓生，墙壁尽遭蹂躏。事到如今，要想切断巨大的树根已经很困难，甚至是不可能的。一旦树木死亡，树根力量尽失，那么被树根宛若毛细血管般交错缠绕的城壁和墙，也会因为失去依靠而坍塌。树根侵蚀了这座九百年前建造的古寺，同时也阻止了寺院崩塌归为尘土。

在塔普伦寺看到的情景，让我想起了十八世纪以来的著名观念：大自然是狂暴又必须敬畏的存在。依靠树根盘绕才逃过坍塌的石墙的缝隙里，照旧有蚂蚁在忙碌奔走。我忽然意识到，榕树分岔的树根，和吴哥遗址入口处的大蛇那伽的头部十分相似。雕刻着大蛇那伽的石块在漫长岁月里已残破不堪，只留下苍苔覆盖着的碎片。是榕树取代了大蛇，成为那伽的后继者，覆盖住了寺院里所有的墙垣。

口中的硬糖

1

硬糖在口中渐渐融化。糖块刚放进嘴里时，还裹着微微干燥的糖粉，唾液马上就把糖粉打湿卷走，舌尖开始一点一点感受到机器切割糖块留下的断面纹理。慢慢地，硬糖的尖角部分先化开流走，糖块越来越小。最后，硬糖被含得薄薄的，像片刀刃。下一个瞬间，一切消融在唾液之海里。我小时候特别在意的瞬间，就是担心最后薄薄的糖刃会不会割破自己的嘴。

这种混合着不安的口唇之乐，至今有谁谈论过吗？就连君特·格拉斯和贡布罗维奇，也未曾言及口中硬糖最后的去向。这种变形过程，究竟是什么的隐喻？

2

瞬间消失之物。

和宫公主[1]的银版照片经过一百年后重见天日时，接触到外界空气后立刻开始劣化。不一会儿时间，画面上只剩下头发的痕迹隐约可辨。这里出现了二律背反[2]，隐匿的事物在得到自由的瞬间，就会朝着"绝对的不存在"的方向消逝而去。塞加拉的金字塔里也发生了同样的事。遗迹封闭了几千年后打开，现代空气流入的瞬间，原本完好的古埃及壁画就像被泼过硫酸，徒留下惨不忍睹的侵蚀的痕迹。

在费里尼的电影《罗马风情画》里，有一场戏演绎出了更大型的瞬间褪色。修建罗马地铁的工人无意中挖到一处古代遗址，发现了色彩鲜艳的古代壁画，四方墙壁上描绘着神话人物和生活场景。当鉴定人员和考古学者匆匆赶到时，壁画就因为疾风般流入的空气和阳光的射入，瞬间失去了色彩，变成了平淡无奇的土墙。这一幕，就像在嘲笑"艺术是永恒的"这个观念。

在奈良明日香村的龟虎古坟里拍摄壁画时，也许考虑到了这种瞬间毁坏的危险，因此采用了远程遥控摄影。工作人员将数码照相机和小型荧光灯传送到全暗的古墓石室里，尽可能地防止了壁画因照明热度而发生异变。摄影师没有直接进入石室，而是在外面隔着墙用电脑遥控画面完成了摄影。

这些故事都来自一个共同的原型——神话中俄耳甫斯

---

[1] 和宫亲子内亲王（1846—1877），出生于京都，仁孝天皇第八皇女。

[2] 二律背反（antinomies）是十八世纪德国古典哲学家康德提出的哲学基本概念。它指双方各自依据普遍承认的原则建立起来的、公认的两个命题之间的矛盾冲突。

（Orpheus）在回头的瞬间，妻子欧律狄刻重新堕回了冥界。那些不可直视的东西，那些只要眼光稍作停留就会永远消逝的事物……海德格尔曾说过，遭遇秘密时最妥当的态度就是将它原封不动地留在原地。刹那之间灰飞烟灭的无数影像，消逝得越快，秘密的本质越昭然若揭。

3

总是习惯去握的门把手、照相机的快门，还有开关按钮，它们周围有种独特现象。金属表面涂层剥落，裸露出一小块浅黄铜色，让人错以为那里存在凹陷。

住在威尼斯时，最让我着迷的，不是倾泻在圣马可广场上的阳光，也不是运河里昏睡静止的河水，而是家家户户门环的磨损状况。狮子形的、老人模样的、裸女状的，每家门环各不相同，但都在长时间使用下变得光溜溜的。每日几度叩击，感受黄铜裸女在掌心中静悄悄地发生着微小摩灭。那种隐秘的淫荡，人生里须臾一刻的沉溺，真是非常威尼斯。

谷崎润一郎在《阴翳礼赞》中写道：

我们并非一概厌恶闪闪发亮的东西，与清浅分明相比，我们更喜欢深沉阴翳的东西。不管是天然宝石，还是人工器物，最好有浑浊的光，让人联想起那个时代的情趣。常有所谓"时代的光泽"云云，其实指的是手污的油亮。中国有"手泽"一词，日本有"熟手"的说法，说的都是经过长年累月人手的触摸，油脂自然而然地渗透进去，东西变滑了，形成一种光泽，换句话说就是手垢。（中央公论社版全集第二十卷）

年过八十的克劳德·西蒙写下文章回忆他孩童时代乡间的有轨电车，直到最近读到之后，我才意识到文中也写到了同类的"熟手"：

把手的柄上，还剩着一点原来的茶褐色漆，木质部分早就裸露在外，即使称不上被人摸得脏乎乎，也已经泛着灰色了。（《有轨电车》）

4

"磨掉了棱角""变圆滑了，变成熟了"之类的惯用词。
岁月和经验，究竟能否让人变得更聪明？人的品格会增进，还是会摩灭？亦或得到修复？

5

人老了,肘关节摩灭。

6

"物质是宇宙中最消极、最无防备的存在。谁都可以揉捏它,塑造它,它对谁都言听计从。"

布鲁诺·舒尔茨在小说《肉桂色铺子》的《论裁缝的人偶》中这么说。如果造物主已经完成了完美而复杂的创造,那么身为被造物的我们就只能用粗陋廉价又不完全的材料进行低劣模仿。这就是为什么人偶只能用纸壳、破麻布、锯末和彩纸来制作的原因。但我们可曾考虑过人偶的苦楚?这位波兰籍的犹太作家接着写道:

你们能否想象那种痛苦?被束缚的傀儡不知道自己的意义何在,为什么必须忍受这强加于身的恶搞形态。发不出声的痛苦、被物质捆绑其中而无法宣泄的苦恼,这些都能被感知到吗?那张用麻屑和布做成的脸上,流露出愤怒的表情。接着,这种愤怒、痉挛和紧张,将永远被囚禁在盲目的憎恶里,没有出口。

按照舒尔茨的说法，人偶体现的是"承受了暴行的物质的悲惨"。在民众们施虐般的嘲笑声里咬着牙承受自身命运的傀儡，岂不就是物质界的凄惨的牺牲品？被关在杂耍团畸怪展场里的蜡像夜夜发出的呻吟哀鸣，木偶和陶器小人用拳头叩击牢狱发出的悲痛呼喊，人们可曾听到？

7

以前，艺术家北川健次[1]给我看过一个人偶。

那是一个高约八十厘米的男人偶。假发早掉了，头部泛着肮脏黑光，双手被拧断了，只剩下一小段还连在肩膀上。从身体的断裂处能看到下面的草秆，胸口以下几乎都没有了，一块四方木材充当背骨支撑着人偶。左腿缺失，所剩无几的右腿弯曲着，脚尖竖起，看来人偶本来是跪姿。

我在十年前见过它，至今都记得它的表情。它嘴里只有两颗牙，眼睛几分下垂，脸颊凹陷，眼神里充满懊悔和自嘲。仿佛正在为自己的凄凉处境感到羞耻——既不能安然离开现世，也不复从前在祭坛上优雅完好时的荣光。什么叫落魄潦倒，这就是吧。

它失落的头发上也许曾有过飒爽美貌。看看它，我的内心被

---

[1] 日本当代画家，擅长铜版画。

撼动了。我隐约记得北川曾讲过他是怎么发现人偶的，但具体过程现在想不起来了。据说这是江户时代末期富山农村用来祈求五谷丰登用的祭坛人偶。对了，有一点我忘了提，人偶嘴唇上涂着鲜艳的大红色，年长日久却没有褪色。

"你这么在意，那就送给你好了。"艺术家豪爽地说。但我没要。一想到把人偶带回家，我就要日日夜夜生活在它的凝视之下，刹那间怯懦袭上心头，罢了罢了。只不过，仅此一次的邂逅，它便在我心中种下了奇怪的念头。它让我明白了什么是潦倒，终究我也会变得和它一样吧，只有沦落到如此地步，我才能迎来救赎。在以后的日子里，我有没有机会和它再见？

人偶。北川健次所藏。

8

再次引用舒尔茨：

在老旧的房子里，总有被人遗忘的房间。它们因为连续几个月无人造访而枯萎于四壁之间，孤立隔绝，砖墙裸露在外，随即从我们的记忆中永远湮灭，渐渐地连自身的存在也丧失了。那些背面楼梯通向的屋子的门扉，长时间被住户视而不见。于是它们跌落进墙体里，被墙囚禁。曾经为门的痕迹，都化成了裂缝和断纹组成的奇妙纹理。

在我们熟悉的旧衣橱那刷着油漆的木纹里，在它们的脉络中，包藏着多少古老的充满智慧的苦痛？谁能从它们中辨认出被打磨抛光到面目全非的旧日面容、微笑和眼神！

9

日本的《君之代》[1]，歌唱在浩瀚岁月之末，碎石终于长成巨岩。比如鱼插翅在天上飞，女人生出长髯，类似这种一本正经的无稽之谈，在中世纪的欧洲被称为"阿迪纳达"。与《君之代》

---

[1] 日本国歌。原曲由宫内省式部察乐师奥好义谱写，由当时的萨摩藩步兵队队长大山岩为国歌选择了恰当的词，后又经雅乐师林广守编曲。

正相反，在日本殖民统治时期的韩国，本来的"爱国歌"唱的却是山的摩灭。

> 东海之水啊 白头山
> 直到海枯 大山磨减
> 天帝永佑我国
> 万岁

10

过去很长一段时间里，人们称麻风病为"癞病""天刑"，误以为是人力无法对抗的宿命。麻风病患者被送到海上的孤岛隔离，几十年间被迫在岛上悲惨地生活着。随着病情加重，病人的脸开始塌陷变形，四肢渐渐失去痛感，身体组织慢慢脱落。失明了的患者为了重新阅读，学起盲文点字。随着病情蔓延到指尖，再难识别点字的微小凸起。他们不甘心，试着用最后的感官舌头去舔字，学习舌文。直到舌头也失去了感觉，他们就丧失了与外部交流的最后手段，被世界彻底遗弃了。

我想象他们表面被磨得平滑而失去了所有感知的指尖，想象那被舔了又舔沾满唾液的文字凸起，想象他们一次又一次被剥夺了工具依旧想读取文字的意志，不由得百感交集。

11

正当姨妈同弗朗索瓦丝闲聊的时候,我和父母一起在教堂做弥撒。我多么喜欢那座教堂啊,如今回想起来还历历在目,我们在贡布雷的教堂!进教堂时必经的古老大门,黑石上布满了坑坑点点,边角线已经走样,被磨得凹进去一大块(正门里的圣水池也一样),看来进教堂的农妇身上披的斗篷,以及人们小心翼翼从圣水池里撩水的手指,一次次在石头上轻轻抚过,经过几个世纪,最终形成一股无坚不摧的破坏力,把石头蹭出了沟壑。就像天天挨车轮磕撞的界石桩,上面总留有车轮的痕迹。

这是普鲁斯特在《追忆逝水年华》的第一部《在斯万家那边》中写到的贡布雷的教堂。多年后出现在主人公回忆里的这座教堂,随处流露着摩灭的迹象。埋葬着教区历代神父遗骸的墓碑也不例外,岁月不仅软化了石碑,还"像蜂蜜那样溢出原先棱角分明的界限",有些地方"冒出一股黄水,卷走了一个哥特式的花体大写字母,淹没了石板上惨淡的紫堇",还有其他地方"墓石又被紫堇覆盖得不见天日,椭圆形的拉丁铭文缩成一团,使那几个缩写字母更平添一层乖张的意味",以至于一个单词里有两个字母距离太近,其他字母又远得不像样子。

这里把摩灭比喻成漫溢的洪水,溶化的墓碑,溶化的文字。长篇小说《追忆逝水年华》开篇出现的这几段,概括了读者即将启程的这部长篇的书写本质——漫长岁月里,这一段回忆与那一段回忆发生重叠,有的地方断开了,很久后又重新谈起;有的部分因为过分单薄,几乎与忘却无异;有的部分被极其简略地概括。贡布雷教堂的墓碑,就是对这不均衡的记忆与忘却最巧妙的隐喻。

12

贝克特《马龙之死》的主人公几乎完全丧失了记忆,在分不清是精神病院还是母亲家的一个房间里守着尿瓶等死。已无故事可说的他,在濒死之际仍编着故事等待最后时刻的到来。当然故事没有完结。

最后他想出的故事里,登场人物们乘坐小船,从峡湾地带出发,驶向无人岛,"海浪从峭壁之间一路涌入,直奔岛屿深处,也许未来某天海浪会把岛劈成两半,也许断开的深渊最初很窄,过几百年后会慢慢扩张,形成两个岛,出现两片沙滩"。

在《马龙之死》里,随着终结的临近,故事的断片越来越短,甚至不再有完整的文意,只有奔涌在岩石间的涛声循环反复。书写干脆简化为光、铅笔、杖等名词,最后留下"绝对""那里""已经"几个虚词后,彻底沉默了。

对照贝克特作为戏剧家和作家的一生,马龙走向无声的过程仿佛再现了现实中作者的人生。贝克特越到晚年，戏剧作品的篇幅就越短，异常简洁，几乎与沉默同义。登场人物已经没有人的轮廓，只剩下巨大的嘴唇，绝望地丧失了记忆，只能偶尔感知云的到来，停滞和无言是他们的属性。这些与其被称为作品，不如说是作品摩灭的痕迹。贝克特用了几十年时间，从荒谬饶舌走向了完全沉默。

这本《摩灭之赋》，最终，我希望把它写成一本没有贝克特登场的贝克特论。

13

我曾应邀参加过一场在纽约保拉·库珀画廊（Paula Cooper Gallery）举行的约翰·凯奇[1]生日音乐会，仰慕凯奇的年轻音乐人策划了节目内容，一共要演奏五首乐曲，而实际上只听到三首，我问还有两首没有演奏啊？主办者淡淡地回答说："已经和前面三首同时演奏过了。一共五首，没有错。"而在人们的常识里，往往认为音乐一次只能演奏一曲，可见凯奇的作品多么自由随性，不被限定在音乐的固有格式里。

---

[1] 约翰·米尔顿·凯奇（John Milton Cage Jr., 1912—1992），美国先锋派古典音乐作曲家、诗人、思想家。阿诺德·勋伯格的学生。他是即兴音乐（aleatory music）、延伸技巧（extended technique）、电子音乐的先驱。。

最后一首,是从摆放在画廊中央的八音盒中传出来的,听众围坐四周,倾听着简洁而无表情的旋律。曲子将在哪个音符上结束?所有人都屏住呼吸等待。一个听上去像是终结音的音符流出,寂静片刻后,又仿佛回过神来突然奏响了另一个音,接着,是更长的缄默。没有人知道下一个音会不会出来,乐曲是否已经结束,但只要再出现一个微弱音符,就说明乐曲还在继续,听众将要更长久地等待下去。就这样,我们伫立在文本边缘,紧张地屏息以待。从理论上说,这种静等应该是无限的。

不知等了多久,凯奇忽然微笑着从后台走到听众前,意味着乐曲结束了。所有听众一齐鼓掌,高喊"Happy birthday!"凯奇始终面带幸福的表情。

14

博尔赫斯。

我横躺在一个石穴里,双手被缚。那是一个在陡峭山坡上挖出的坑洞,大小有如普通坟墓。坑穴壁潮湿光滑,不像是出自人的努力,而像是由时间打磨出的。(《永生》)

15

还是博尔赫斯。

有一次他在朋友家中看到一本奇妙的百科辞典,其中记载了一个叫特隆的未知国度,特隆自有一套隐秘的规律支配着它的运转,比如,事物会自行复制。

特隆的事物不断复制,当事物的细节被人遗忘时,就会模糊泯灭。最典型的例子是石头门槛,只要乞丐还去,门槛就一直存续,乞丐死了,门槛亦消失。有时,偶然停下的几只鸟,或者一匹马,便拯救了一座圆形剧场的废墟。(《特隆、乌克巴尔、奥比斯·特蒂乌斯》,1940)

16

过去,哲学家曾是磨镜者。所谓认知,是对映照在无限平滑镜面上的事物的凝视;所谓思考,是在映像中探索秩序。

《哥林多前书》如是说。我们如今仿佛对着镜子观看,模糊不清。到那时,就要面对面了。我如今所知道的有限,到那时就全知道，如同主知道我一样。[1]

道元说，悟性如镜。胡人来映出胡人，汉人站在镜前映出汉人。胡来胡现，汉来汉现。磨瓦成镜，磨镜成瓦。

斯宾诺莎把一生倾注在研磨镜片上。

研磨，是发生在表面的摩灭。与此同时，镜的所有侧面都发生着摩灭，镜子的把手，镜缘，观镜者的内心。

17

圣地麦加中心的巨石。耶路撒冷的哭墙。唐招提寺的圆柱。这些在我们的余生里可有机会触到？

宗教学者植岛启司在《圣地的想象力》一书里写道，对圣地而言，最重要的不是供奉着哪一位神。一地祭祀的神灵会随着时代和统治者而发生变化，世界各地都有此现象。关键在于，圣地是一处被认定、被隔绝的神圣场所。场所被认定后，神灵才会应招而来。圣地是连一厘米都移动不得的。

---

[1] 《哥林多前书》第13章12节。

18

现存的萨福的诗,或是写在莎草纸上的,或是别人文章中的引用,都是极短的断片。一百九十二个断章里,最长的有二十八行。七十多篇都只有一行字。最短的一篇,只有一个单词。比如以下的一行诗。

"我对自己的处女性,是不是还心怀憧憬?"
"啊美好,啊优雅之物啊"
"此刻,穿着黄金凉鞋的黎明"
"噢,为了安东尼斯"
"艾迦"
"带来苦楚的人"
"拂晓"
"危险"
"诗的众女神"
"得到满捧戈尔戈的人们"
"黄金距骨之杯"

是谁在憧憬处女性?这一行字是结婚前夕新娘的台词,还是诗人独白?艾迦、戈尔戈是什么?谁饮了距骨杯中的酒?这些我们都无从知道。莎草纸上的断章,人残缺不全的记忆,几个单词的罗列，证明了古代这位自称萨福的女诗人真实存在过。为阅读萨福，我们必须具备考古学者的能力，用一块臼齿化石还原出远古绝灭的巨龙。

"谁会想起我们？即便是在别的时候"，萨福写道。

19

歌人北原白秋[1]在五十二岁时失明了，三年后他发表了最后一部歌集《黑桧》。题名虽然有黑字，歌中描写的尽是凉夜月光和静水的映像。

明月泄清寒，凝神望纸窗，双目渐渺盲

月魄澄素光，我心净如水

盲佛坐幽堂，天风轻抚之

双目虽枯盲，尤见静慈光

最后两句，是他在盛夏走访唐招提寺时，坐在鉴真和尚像前咏出的。鉴真五次渡海失败，后来以失明之身从唐土来到奈良，在东大寺大佛殿设下戒坛。双目失明的白秋站在这位高僧坐像前，

---

[1] 北原白秋（1885—1942），日本诗人、童谣作家、歌者。

感受到了吹拂在像上的柔风。与鉴真和尚一样，白秋丧失了视觉，以此为代价换来了触觉上的观想之力。双眼终会摩灭，佛像终会摩灭。带来摩灭的是手掌，是视觉，是每日吹拂的柔风。人要想抵达救赎之境，只有摩灭至极限，自身化作如水的存在。那时，就会有无垠的月光将他笼罩吧。

20

为什么事物的终焉之相令我如此神往？

为了写这篇文章，我联系了北川健次，我说想再看一眼十年前那尊奇妙的人偶。一个暴雨之夜，他带着一个巨大的塑料袋来到了我家。

事隔十年再见人偶，它比我记忆中更黑更脏。那种污浊，自带奇妙的光亮。它哪里是在自嘲悔恨啊，分明是正在对战战兢兢盯看自己的人投以充满恶意的讥笑。在我记忆里，它是穿着破衣服的。实际上人偶一丝不挂，胸部以下空荡荡的，粗蛮的内部支架袒露在外，头上没有假发，头颅两侧留着缝补过的印记。

十年间，它在我的想象中里早已变了模样，如今重新打量，不由得感慨万千。如果我还有余生，如果我人生的最后便如这个人偶，不，如果我作为这人偶度过余生……

我眼前的这个人偶，已抵达死和终末的边缘，却不知在什么时候，忘记了要向前迈出最后一步，只以凄惨的姿态，卑贱地忍受着不死。它既往的荣光早已是旧事了吧，现在又被死亡的慰藉遗弃，永远悬在无法离开的半空，这是多么恐怖的刑罚。

当夜，北川还给我讲了达·芬奇怎么学会镜体字的故事。等他在大雨中离开，我才想起来，告诉我达·芬奇的《圣哲罗姆》曾经长年去向不明，原来是因为一直被肉铺当作砧板使用的那个人，正是北川。而且，那天正是十年前第一次给我看人偶的那个晚上。

21

如实说，我在吴哥遗址不仅看到了巨树侵食和长年风雨导致的雕刻风化，走在吴哥的长廊里，还总能看到乞丐。

在巴戎寺迂回曲折的回廊深处，我看到一个破烂衣衫下露出伤残手脚的少女，用前端只剩光滑凸起的残臂十分伶俐地接下观光客们递来的带有同情的美金。登上宫殿，穿过俗称的癞王台，转入另一条回廊，我听到了音乐。演奏者全是残障者，双眼溃烂的青年口含一枚叶子，灵巧地吹出乐声，身侧失去双腿的人用两根勺子当作打击乐器，失去整个右手的人，正用残缺的左手扶在口边吹响一支短笛。

到处都能看见残障者。双眼全盲面带巨大伤疤的女子，正由一个看似她女儿的小姑娘牵手带路，向游客讨要零钱。坐在神话中的大蛇那伽像旁的男子，难以置信地只有上身和左手，他不像摩洛哥或印度的乞丐那样执拗地纠缠游客，只是无言地靠在半塌的壁画雕像一隅，如同日本《古事记》开篇登场的众神，只是存在着而已。

我渐渐发现，无论在吴哥窟还是巴戎寺，他们毫无例外地只待在一层，不会上去。我不知道这是乞丐之间的默契，还是因为他们体力受限。要想登上通向二层的陡峭台阶，对没有手脚的人来说几乎是不可能的。即使上到二层，还有通往三层的台阶，哪怕是一般健全人士也得紧紧抓住栏杆，残障者怎么可能上得去。这些根据古代印度的宇宙观设计修建的高棉王朝的寺院遗迹，从各层的雕刻和壁画中可以看出，每上升一层意味着离天越近，越高越净化。遗憾的是，乞丐们只能停留在离大地最近的下层，踞伏在画着地狱间受严刑拷打被大锅蒸煮的亡者图景前，永远无法到达雕刻着天女自在飞天的高境。

二十世纪七十年代起发生在柬埔寨的内战灾祸，留下无数地雷后结束了。波尔布特的军队投降走出了密林，但地雷并没有，无数无辜农民不小心踩中后被炸飞了手足，失去了视力，我在吴哥看到的残障者都是这样的苦命人。

乞丐们的皮肤让我联想起残破的雕刻和摩灭到看不出细节的壁画，他们都有一张久经日晒焦黑而皱巴巴的脸，只有伤残肢体的断面光滑闪亮，恍惚带着种明亮的色彩。我想起遗址里随处可见的大蛇那伽像，蛇头高高竖起，七条或者九条集成一束，像波浪迎面而来。每一条蛇，都像极了乞丐们的残缺的手足。

22

口中的硬糖，光滑的指尖，剪完不久就磨圆了的指甲，渐渐模糊的视力，喑哑的喉咙，渐渐愈合的骨头，慢慢溶化的软骨。

数不清的摩灭，构成了我们的肉体。弗洛伊德说，人类有着死亡本能。终究有一天我会把人生摩灭完，然后死掉吧。不对，这么说不准确。应该说，终有一天，人生会把我摩灭干净，把我交给死亡。

臼的由来

我在首尔的大学教书时，参观过济州岛的一家博物馆。济州岛位于朝鲜半岛的西南边，岛中央有一座盾形火山——汉拿山，全岛就像由巨大的熔岩流冷却凝固而成，住户人家之间的地界用石头垒砌，岛上到处都是洞窟。

博物馆的庭院里，摆放着几十个石臼。

大部分石臼由济州岛特产的一种带着气孔的黑色火成岩制成，有中央凹陷的捣钵，也有用轴带动的石磨。每一座的制作年代都久得惊人，圆周部分磕磕碰碰，有的龟裂严重，可能是在农村现代化后被闲置，也可能是更早以前在社会变迁中就被遗弃，总之无人过问，如今在庭院草地上显露萎缩黢黑的可怜相，仿佛草中群生的不知名的蘑菇。

被剥夺了所有用途和目的、被丢弃到陌生之地的事物；没有未来又不能化尘归零的事物；这十几个石臼，向我如实展现了什么叫作"大限已至，却不知何去何从"。

珍宝通过劫掠消失，木简通过腐朽、书籍通过燃烧、陶器借由粉碎回归尘土。西乡南洲[1]倾情的一句汉诗：丈夫玉碎愧瓦全。（大丈夫宁如玉碎，愧如全瓦偷生。）

但石臼经得住火灾和洪水，甚至无畏战争的破坏，松尾芭蕉在短文《石臼之颂》里写道，"有人盗名，无人盗臼"。石臼经过长年使用沟槽磨平消失后，就被随意放置到一边了。

十八世纪的斯威夫特在他匿名发表的《格列佛游记》里，描写过一群斯特鲁德布鲁格族人，他们生来眉毛下就有颗红痣，注定长生不死，要几十年几百年地活着，哪怕褴褛朽迈，也求不到一死。他们遭到世人委弃，丧失了语言和思考，却要一直地老天荒地活下去。是啊，看着眼前博物馆里的石臼，我想起了这位都柏林的厌世者，他塑造出的这群怪物，简直是厌世情结的具象产物。

但真是如此吗？我重新陷入了思考。石臼上的深深凹陷足以说明，这些石臼已经尽忠完成了各自的使命。这些沉默的石头究竟磨碎了多少豆子和五谷？磨出的细粉经过揉搓、焙烤、蒸煮，进入人体消化。与石臼相反，豆谷之粉消失得干干净净。人们吃过粮食，然后筑起了文化。

臼是人类最早发明的工具之一。可以说，追溯臼的发展史，

---

[1] 西乡南洲（1827—1877），即西乡隆盛，日本幕末维新时期政治家、军事家，萨摩藩士，通称吉之助，号南洲。作为明治维新的元勋，与木户孝允、大久保利通并称"维新三杰"。

便是一部追溯人类的技术史。马克思对这一点相当明了,他注意到原义为臼的英语 mill 和德语 Mühle,在工业革命后直接代指了使用机械装置的工厂,他在《资本论》中写道,"罗马帝国以水磨的形式把一切机器的原始形式流传下来",这里的水磨,显然是指水车石磨。

臼的原始形态是杵臼,其起源可上溯到新石器时代。人为了把植物种子弄成细粉保存,发明了杵臼。人类把植物种子外皮去掉后,将内部淀粉部分磨碎。一个杵臼可以干很多活儿,包括去糠、制粉、混合多种材料。人类从狩猎生活进入农耕生活的演变过程里,杵臼充当了重要角色。据考证,水稻和杵臼在弥生时代就已传入了日本。

与杵臼并用的,还有石磨。以前我去开罗的国立博物馆,在金字塔陪葬品中发现了一个正在使用石磨的女性人偶。这种石磨被称为 saddle-quern,状如马鞍。使用时,用一个滚子在上面来回碾压,这种石磨利用的是来自石面的压力,所以石盘是平滑的,上面并没有沟槽。这种形状的石磨是古代埃及的发明,相同原理和类似形状的石磨在世界各地都有。石磨不仅能用来磨面,史前时代绘制洞穴岩画的颜料,想必也是这么磨出来的。如今用来调配火药的研钵和钵杵也属于其后裔。

顺带一提,我在家做咖喱饭时离不开一个香料磨。这个椭圆形小磨长约十五厘米,宽二十厘米,是十年前我在印尼日惹城一时心动买下的。磨盘很浅,带一根十五厘米长的石棒,每次用它碾碎香料时都觉得它有着石臼最原初的形状，十分招人喜欢。小磨重约一公斤，由灰黑色火成岩制成。磨盘内侧有微小的凹陷，也没有标刻度。石棒微微弯曲，很称手。细看又觉得这东西就像一根阴茎，怪异好笑，随意躺在厨房桌上的样子有点可爱。手握着它压到香菜籽或胡椒粒上，手下一使劲，咔咔咔，颗粒被压碎的微震传到手上，那种愉悦难以言传。仔细想一想，我是站着干活的，印尼当地的女性则是在昏暗的厨房角落里，在黝黑发亮的地板上面对大得多的磨盘和石棒盘腿而坐，一心一意地干活。

话题回到石臼的历史。磨盘，即回转型的石臼的登场，给世界带来了巨大变革。

磨盘上下两个巨大石面上刻着平整规则的纹路，用一根轴带动上臼回转。将谷物塞进上臼的孔里，磨盘转动，磨好的面粉从下臼边缘转出来。工作原理看似简单，事实上如果精度稍有不足，磨盘就无法使用。首先，磨出的面粉必须细致均匀，不能掺带任何石臼的碎片，中轴必须结实可靠，要支撑起上臼，要让上下臼的接触面保持水平且严密地贴合在一起，同时轴心还不能太紧，稍有些松动的程度才能让上下臼发生微妙的磨压。另外，磨盘上刻度的角度和深浅不同，磨出的面粉的粗细也完全不一样，刻度是最考验石匠手艺的地方，稍有怠慢，磨盘就没法用了。

至今所知的最古老的磨盘，是公元前十世纪前后兴盛于土耳其亚拉腊山的乌拉尔图王国[1]遗迹中出土的上臼。进入古代希腊

---

[1] 公元前九世纪中叶至前六世纪初小亚细亚东部的奴隶制国家，首都吐施帕城（今土耳其凡城）。

和罗马时代，奴隶们用磨盘磨面粉。磨面非常消耗体力，于是后来渐变成骡马拉磨。堂吉诃德持枪大战的风车，是由风力带动齿轮驱动磨盘转动的装置。中世纪起，磨坊在欧洲成为独立行业，由此诞生了富裕的商人。请回想前文引用过的马克思的话，小麦制粉引发了近代工业科技的发展。

在神话里，磨盘还是一种隐喻，象征着世界的轮回转动。北欧神话中巨人姐妹芬妮雅(Fenja)和梅妮雅(Menja)为弗洛狄王（King Fróði）转动神磨（Grótti），磨中流出了源源不断的黄金，弗洛狄王的过分贪婪激怒了巨人姐妹，此后磨中流出的只有烈火与盐。一说这象征了四季变换，幸福春天变成炎夏，变成万物凋零的秋天。一说这是北欧神话里特有的世界没落的前奏。

早在公元前，石臼已开始在欧洲使用，不过很久之后才传到日本。食物学者篠田统认为，小麦大约在公元前一世纪的前汉时期传到中国，随之一并传来的还有制粉技术和饮食习惯。由此可以推测，石臼是在那时从丝绸之路进入东亚大陆的。

公元610年，石臼初次传到日本。根据《日本书纪》第二十二卷记载，推古天皇御世十八年三月，"高丽之王贡上昙征、法定二僧，昙征知五经，且能造彩色纸墨、并造碾硙。盖造碾硙，始于是时。"这里的高丽，指的是当时朝鲜半岛北部的高句丽王国。这段记载非常典型，从中可以看出，日本在形成国家的过程中仰仗了多少从朝鲜半岛传播来的技术。从这一段文脉来看，昙征所造的碾硙，不大可能是靠水力带动的研磨面粉的水磨，更可能是用来制作书画颜料或药品的石臼。老话说"好青丹造奈良都"，要想打造出华美的都城景观，寺院和宫殿均需施以鲜艳色彩，这就需要用石臼去研磨碎矿石，做湿式粉碎，还能从汞矿石中得到朱红颜料。可以推测，昙征的碾硙是为研磨颜料而造的。

从日本人的饮食习惯来说，稻米、大麦和其他杂谷都是直接料理，并不会特别磨成粉末入食，日本过去也没有用小麦粉做面包的习惯。至于乌冬等面食，在过去一直是节庆时才能吃到的特别美食。因为这样的饮食环境，与中国相比，日本用石臼制粉的历史要短得多。柳田国男在《木棉以前》一书中写道，近代之后，石臼在日本农村渐渐普及，意味着谷物可以干粉的形式保存，这种变化意义重大，不仅改变了人们的饮食习惯，也成为近代发展的原动力。乌冬面，也逐渐变成了日常食物。

无论如何，因为石臼沉重，用石臼干活始终是重体力劳动。为全家磨面首先是年轻媳妇的工作，所以，母亲在女儿出嫁时，经常会陪嫁一个长年用惯的石臼。对农家来说，石臼是一家的中心，是护佑五谷丰登和阖家安稳的神圣器物。听说在信州伊那一带，新年开工头件事，便是全家一起转动石臼，祈求一年圆满顺利。此习俗里有没有性意味，尚无定论，但江户时代的男女交合四十八体位图中，有"茶臼"一项，姑且记之。

进入二十世纪二十年代，石臼开始在日本农村凋落，因市场上的现成面粉更廉价。眨眼之间，人们就不再费力自己去磨粉了，失去用途的石臼遭冷落，被迅速遗忘。现在的日本家庭，如果说还有用手工石臼自己磨粉的，也只不过是自制抹茶或磨一点荞麦面罢了。

泽庵和尚[1]在《玲珑随笔》中将宇宙看作是巨大的磨盘，雄壮的回转间，世界由此成型：

天地如一盘茶臼，下臼喻地，回转之磨喻为天。

吉冈实将这种宇宙格局的观照转换成时间轴，改编成下篇：

——妈妈，那是什么

——是碾臼呀

——从孔里漏下来的，是什么

——是时间呀

——那周围堆积的是什么

——是豆渣呀

《竖之声》

---

[1] 泽庵和尚（1573—1645），全名为泽庵宗彭，是安土桃山时代至江户时代前期的临济宗之僧。大德寺住持。通书画、诗文、茶道，留下许多墨宝。

并不是石磨在时间中回转，而是石磨的回转形成了时间，将无数豆粉撒向世界。我们能看见的，只不过是白驹过隙间身边散落的豆皮碎渣而已。禅宗公案常常把最高尚的形而上的观念，映照在最下层的物质上。我从吉冈的诗句背后看到了禅的幽默。他还在世的时候，我曾与他有过多次对话，记得他从来不说抽象话题，说的都是脱衣舞秀如何如何。

所谓粉末，是什么呢？豆渣，又是什么？

如果摩灭是在不断接触过程中，事物表层发生的持续不断的毁损，既然有毁损，就会有齑粉。我们思考摩灭，就是思考齑粉的去向。就如巨岩摩灭成细沙，世上万物要由宏大变渺小，又一路演变为些微的颗粒。确实如泽庵和尚所说，天地自然是人眼看不见的巨大石磨，我们的身体是磨盘缝隙里的短暂实存。

细数一下现在我身边的粉末。

药箱里有感冒冲剂，洗衣机边上有洗衣粉。不可思议的是我的工作室里没有粉类。但洗手间里存在化妆类细粉，储藏室里有给植物上的粉末肥料。

更多种类的粉被安置在厨房里：罐里的盐和砂糖；咖啡和抹茶；小麦粉、淀粉、煎麦粉、荞麦粉等料理用面粉；在国外旅行时随性买下的不知用途的粉包和香料；自从在意大利吃到玉米糊之后便上了瘾，我家厨房柜里现在也放着几包玉米粉；韩国料理的橡子凉粉；做印度咖喱要用到的葛拉姆马萨拉；即食面附带的调料包；小时候那种一冲即成甜果汁的果汁粉，那会儿每天放学回家用它泡各种颜色的果汁再开心不过。

还有一些虽然不是粉末，但料理时会被碾磨成细粉，粉类名单由此不断被拉长：洒在意大利面条上的芝士粉，以及芝麻、胡椒、香菜籽和孜然，还有从花生到核桃等各种豆类干果。通常物质一经碾碎，表面面积会扩大数千倍，接触空气便瞬间发生氧化，由此丧失了香味。所以香料最好在烹饪前一刻再碾碎。

用石臼手工碾压混合在一起的香料，有种电磨和食品加工机难以比拟的独特愉悦。电动粉碎机的叶片会因高速运转而产生热量，抹茶和咖啡很容易因此失去微妙香气及口感。无论现代科技如何发达，碾碎食物这件事还是沿用古法慢慢去做最好。这么一想，我忽然觉得，我在厨房里将食物碾磨成粉的动作，是在重复远古时代最原初的身体动作，料理的幸福感油然而生。

现在加工食品入手很容易，我们渐渐忘了食品本来的样子。比如味噌，正统的做法是做味噌汤之前才把一粒一粒的味噌碾碎成酱，再倒入水加热。真空保存和冷冻保存技术的出现，使我们远离了"碾"和"压碎"等身体动作。我们新学会的，是将加工好的合成汤料用热水泡开。我们目所能见的食物的原本之姿越来越少。就连厨房也一样，我们曾经从整日在厨房忙碌、一边聊天说笑一边干活的长辈身上学到了很多。厨房曾是传授生活经验的角落，如今则不然，现在的厨房只是一个用最短的时间高效率完成烹饪的乏味空间罢了。

石皿和石臼在长期使用后，凹陷会变深，表面会出现磕碰，坑洼不平。它们不仅磨碎了食物，也磨损了自己。但并非只有它们才擅长自我牺牲，环顾整个厨房，厨房用具上也呈现出了各种丰富的摩灭之相。

山椒木做成的擂棒前端，就像受热融化了一样圆溜溜的。

菜板中央的微微凹陷。

用旧的铁平底锅，正中央在反复摩擦下闪闪发亮，周围一圈积着长年油渍，泛着幽黑的油亮。

木锅盖上的把手，年长日久被摸得油光顺滑。

菜刀磨久了，刃变得太薄，尖端容易崩断，断口处的光泽。

有些用具代代相传，远比我经历了更悠长的岁月。把它们拿在手里端详，那种无法言说的安心感，究竟是从哪里来的？用具原本是为某个用途而造，然而漫长的时间会抹煞初衷，由此用具失去用途，沦为承担想象力的物品。而摩灭，总是先从人手触摸之处开始，接下来移转到用具之间相互频繁碰撞的部位。摩灭一旦发生，不可逆转，极其缓慢地侵蚀着物质表面，将物质送往其他维度。

日本过去有传说，用过百年的锅釜会成精。主人不在家的夜半时分，它们纷纷现身，参加百鬼夜行。相关题材在古画上也能看到。获得灵魂成精，意味着用具放弃自己的功能，而化成了纯粹的个体。在卡夫卡的短篇小说《家长的忧虑》里有一个叫奥德拉德克的物体，样子像一个坏掉的线轴。小说描写了这个奇妙物体在家中的日常存在，它会忽然消失，又忽然出现，因为没有用途而飘忽不定，无人关心。这个离奇的东西，明显带着摩灭的迹象。

前文说了碾碎的方式，厨房里还有一种重要的摩灭之相，那就是研磨。日语里，"研ぐ"所指代的行为有两种，一种是淘米，一种是磨刀。磨刀将在下一章中提到，这里，我们先来思考一下淘米。

所谓淘米，是将去掉米糠的白米泡在水中，用手清洗研磨稻米的表面。以稻米为主食的人一般不用什么淘米工具，直接用手。淘米是一项没有难度的朴素的家务活。看过成濑巳喜男的《饭》这部电影的读者，也许会马上想起片中给人留下深刻印象的那一幕：女主角原节子本已决意离婚，但还是改变了念头，转身回到厨房，和往常一样又开始淘米了。

一般来说，我们买到的米是去除米糠麸皮的精米，如果仔细观察精米的表面，会发现上面依然附着着没有去干净的米糠、尘土、霉菌，甚至碾米厂研磨材料的碎屑，所以需要用水清洗。本来干燥的白米猛然泡水，表面就会变软，亦会吸收含着污浊的浑水，所以第一遍淘米必须快，不能慢条斯理，不然做出来的饭会带着米糠味。淘米是学习烹饪的第一课，不可掉以轻心。迅速倒掉第一遍和第二遍淘米水后，第三道水才可开始认真淘米。淘米的实际目的，是利用摩擦的力量，剥离掉已变得稍软弱的米的表面，让米露出芯来。

那么，怎么处理淘米水呢？在日本，一般会当作无用之物毫不犹豫地倒掉。而在亚洲其他的稻米地域，却有巧妙利用淘米水的例子。韩国在冬天储存白萝卜和大白菜时，会制作一种叫"冬沉"的别致泡菜，就是现在俗称的水泡菜。蔬菜放进淘米水中自然发酵数日，就可以端上桌了。在首尔著名的冷面馆"南甫面屋"里，浸泡冬沉的大罐子排成一列，罐身上贴着浸泡日期的标签，店主挑选发酵得恰到好处的泡菜装盘，端给客人。舀一勺微微浑浊的泡菜汤送入口中，冰凉而微酸，与油分大的菜肴相搭配，滋味绝妙。菲律宾有种特色乡土菜，叫"Sinigang"的酸汤，是把鱼或肉放进淘米水里炖煮成汤。这些淘米水做出的汤口味柔和，米的营养没有半点浪费。与这样的智慧相比，日本商店里陈列着的为讨厌做饭的人制作的袋装免淘米，真叫人扫兴。

盛夏里的一天，我去了位于中野坂上的宝仙寺。宝仙寺是真言宗，是源义一族供奉不动明王[1]的地方，寺中有一处石臼之冢。

入寺穿过仁王门，左手边马上就能看见白塚。冢高约五米，由二百多个杵臼石磨与混凝土堆垒而砌成，形似圆锥，细看后发

---

[1] 不动明王，佛教密宗五大明王主尊、八大明王首座，被视为毗卢遮那佛（大日如来）的愤怒化身。与观音和地藏菩萨一起，是民间供奉的三尊主要佛像之一。

现取的是宇宙中心佛教圣山须弥山的形象。尖顶处有风轮和火轮状的装饰。杵臼和石磨堆积成五层，杵臼或靠着墙，或像轮胎一样竖着，方向不一。最下层的杵臼随意摆出方阵，整体看上去像一座立体主义雕塑。

冢的周围半边是浅池，另半边是枯山水，想必在取意须弥山周围的海洋和陆地。无论是浅池还是石臼的凹陷中都积着水，水上漂浮着睡莲绿叶，一片清凉。冢后并生着两颗高大的公孙树，树影映绿了水面。寺中的解说板上写着"此冢为一座喷泉装置""最顶上的石臼曾被用来磨甜米酒"，但就我所见，这座冢并不像能喷水的样子。

第二次世界大战前，宝仙寺前代住持富田敦纯目睹石臼被人遗弃，心生怜悯，于是拉着板车把石臼一个一个捡回寺中，建起白冢。细看这些石臼，有的龟裂，有的被磨平了沟槽，有的坑洼不堪，有的已找不到刻度，各有各的损毁之态。就连上臼孔洞的形状也各式各样，圆的、菱形的；孔洞周围承料的部分也有长有短，委实多样，漩涡状、眼珠形的、凸起的……根据这些形状，可以猜出石臼从前的使用目的和回转速度，也能感受得出它们的细致讲究。

白冢给我留下的印象和济州岛博物馆完全相反。这些已到达疲敝和摩灭之极致的石臼，被收集到一处，筑起了一个立体曼陀罗。这种利用废弃之物做拼贴的手法，让我联想起了波兰"贫穷

上、中／于济州岛民俗自然史博物馆。下／东京中野坂上，宝仙寺的白冢。著者摄。

第一辑　消减之相

艺术"[1]的雕刻。石臼在漫长的生涯里，不知同类的存在，各自孤独劳作，到达终点后才知自己并不伶仃，无数同类聚在一起，向着更高的阶段迈进。我想象了一番这位拉着沉重的板车逐个捡拾石臼的僧侣的热忱之心，他就像捡拾了无人认领的尸骨回寺做佛事祭奠一样，将石臼这种人类历史上最古老的器具搬回了寺中。如果说济州岛博物馆庭院里的石臼漠然无可期待，被永远剥夺了重生的机会，那么宝仙寺中的石臼们，也许还有机会，能等来五十六亿七千万年后降临此世的弥勒菩萨。

---

[1] 二十世纪六十年代，波兰戏剧导演格罗托夫斯基（Jerzy Grotowski）率先提出了"贫穷剧场"的戏剧美学。1967年，艺术评论家杰尔马诺·切兰特（Germano Celant）借用"贫穷剧场"的意思，在意大利热那亚的波特斯卡画廊组织了以"贫穷艺术－空间（Arte Povera-Im spazio）"为名的展览。切兰特用"贫穷艺术"一词概括当时意大利年轻艺术家的艺术风格：用最朴素的材料——树枝、金属、玻璃、织布、石头等作为表现材料，进行拼贴、剪切创作。

砥石的教诲

从以前日活影业附近的大将军路口向西拐,走过仁和寺正门,进入周山街道,京都街巷的繁华热闹落到了身后,眼前景色陡然变成一片鲜绿。沿着奥殿川一路前行,道路开始蜿蜒上坡,前方不远就到了京都高雄的山里。树木环绕的路上,左侧出现一块小招牌。在招牌处停车,沿着旁边曲径爬过几个坡,眼前便出现了一间小屋。屋前名牌上写着"大突砥石"。在已有八百年历史的京都砥山里,这里出产的"大突物"砥石品质首屈一指。

小屋即工坊。开采来的砥石运到这里后,先切割成适当尺寸,削平表面,再打磨到如镜面般光滑的程度。为了方便亲自进山买手工砥石的顾客,屋外还安有水管,客人可以试磨。屋外的小路上随处散落着从砥石上切割下的碎片。小屋周围也一样,这里的流水池和下水沟都是用大块碎石铺成的。这是因为页岩很容易被劈成薄而平整的石板,同时也充分利用了派不上用场的废石材。再往浓绿深处走,就到了羊齿蕨和杂草环绕的坑道口,两条坑道并不起眼,稍大的一条是主道,不远处的是横道。

据说主道原本的高度能够容纳成人弯腰进入，这条主道至今已开采了约五百年，在上世纪时坑道就已有四百米长。根据已在大突做了四十年采石工作的加藤晴永先生的说法，大约十年前，野猪想来拱食坑道入口处的野芋，压塌了石墙，自此主道就很难进去了。他虽然想修葺，但苦于找不到人手，于是闲置至今。走近细看，主道入口确实被堵住了，页岩板材细密垒砌而成的石墙坍塌了一地。

横道还勉强能出入。它的历史没那么久，也有八十余年。其内部又分成两支，据说右支长约五十米，左支长百米。只站在洞口，便能感到冷风寒意迎面而来，据说坑道内温度全年平均十三四度。进入木框加固的坑道后，能在四下听到水滴从洞顶掉落的声音，好似塔可夫斯基电影里的场景。没多久，坑道里不再有木框加固，荒野粗糙的岩壁一直伸向更深处。遗憾的是五年前这里发生过塌方，进入坑道不到二十米，前方就被堵住了。带路的加藤先生非常担心安全问题，我只得原路返回。转过头来，忽然看到前方洞口处有阳光照进来，黑暗的岩壁上映出了一小块雨后的新绿。

天然砥石业已经完了，加藤先生说。他一边摘去安全帽一边告诉我，市面上有卖的都是价格便宜的量产合成砥石。任凭石匠们如何宣传天然砥石的好处，都没人愿意听。而且这座山在几百年里已被采掘一空，即便现在还有新矿脉，采掘也入不敷出，成本划不来。何况他已年迈，找不到后辈继承工作。他满怀惆怅地讲起，从前研究建筑史的村松贞次郎先生来这里参观时曾说，砥石和刀具的关系就像牙齿和嘴巴，无论是造屋的建筑工人，还是擅长刀工的厨师，都该向砥石致谢才对，现在的日本怎能任凭天然砥石没落下去呢？

当我决定写一本关于摩灭的书时，就想要为砥石专辟一章。因为我发现，所谓砥石，正是以自身的摩灭为代价成就他者的少有工具之一。

此类工具，还比如砚台。砚磨化了墨，自身也遭到减损。与精雕细琢高价出售的砚相比，砥石彻底无名，前一章的石臼也如此，我仿佛从这一点上看到了工具之为工具的要义。

砥石也是人类历史上最古老的用具之一。石器时代的人类在从狩猎到料理食物的所有日常活动里都需要打磨石块。与后来出现的青铜和铁器相比，石器脆弱易损，所以平时更须不懈怠地研磨。砥石形态简单，堪称最基本的生活用品。

从朝鲜半岛迁徙而来的人们将佛教带入了日本。当日本开始大规模营建寺院时，研磨施工用具的砥石就成了必需品。正仓院文书上记载了"破砥""青砥"和"荒砥"，可见迁徙之民带来的砥石多么精细考究。东京葛饰区有个地名叫"青户"，那里原本叫青砥，据说取自"青砥藤纲"这个人名，从其姓名可以推测，他的祖先也许和砥石制造有关。

进入平安时代后，之前一直使用杂木的雕刻师们忽然转用了桧木。桧木木质柔软，若想雕刻细节，需要用更锐利的刀具。同时，中世以后武士阶层兴起，为他们打造随身佩戴的刀剑成为一大行业，研磨刀剑需要大量砥石，由此，日本开始了全国规模的砥石开采。

京都天然砥石的历史可以上溯到十二世纪。一个住在梅畑名叫本间藤左卫门的人在菖蒲谷的山中发现了砥石，进献给后鸟羽天皇。随后，源赖朝[1]授予此人"日本砥石师栋梁"的称号，京都砥石开采从此正式开始。砥石种类很多，以不同的研磨顺序区分，大致可以分成荒砥、中砥和合砥三类。当时日本各地都产砥石，而京都西部到丹波一带正属于中生代地层，石质细腻，适合加工最终修整用的合砥。再加上京都在当时是政治和商业中心，于是梅畑砥石很快就发展成了远近闻名的一大产业。

明治维新后，政府开放了砥石矿的买卖，开采权从公家指定的工匠手里转到了民间。一个老板出钱买下整条坑道，手下众多工人进行挖掘搬运和精加工，由于日薪远高于农业和其他行当，附近居民从事此行业的人络绎不绝。

在这里我想介绍一下为我带路的加藤晴永先生。他的曾祖父于1872年买下开山采掘权，开始在大阪销售砥石，至今代代从事此行已一百三十多年。第二次世界大战前，加藤家在船场东横

---

[1] 源赖朝（1147—1199），日本镰仓幕府首任征夷大将军，也是日本幕府制度的建立者。

堀开了一间砥石批发商店，战争结束后直接在梅畑开设了砥石矿业所，雇佣了二十余名采石工人。加藤先生年轻时曾在三池煤矿就职，煤矿关闭后，于1965年返回京都继承了家业。"大突"乃是加藤矿业所自家坑道的名号，也是砥石中的名品牌。

战争之前的砥石矿工们因为收入高，出手阔绰，是京都的花街五番街上深受欢迎的客人。还有熟知坑道的人偷偷进洞，点亮煤气灯在坑道里聚众彻夜赌博。还发生过坑道越挖越深，不小心挖过界而闹出纠纷的事。一般由男人在坑道里采石，女人负责把石块顶在头上运下山。男人们大多是当地人，也有从外地来打短工的"加贺郎"，这些人既吃苦耐劳，也老实守规矩。

寻找砥石矿脉，需要有独特的感应力。如果在斜向的燧石层附近发现坚硬的条纹状岩石，多半这附近便埋藏着砥石。若进一步发现石质细密的黄色地层，那就要先采集岩石样本。有时挖掘坑道开采，有时露天开采。遇到地下水脉，则用炸药炸开放流，破开断层壁后，十有八九能挖中矿脉。

矿脉也有大小，如果运气好，能挖到巨型原石，行话里叫"大取"。如果挖到长方形岩层大块大块延伸开的"故山"，或者像烤豆腐形状的四方"食盒"，矿工们就会不分昼夜地拼命挖，有时能一口气挖出十五辆四吨卡车才能载完的原石。大突曾挖到过叫"巢板"和"鸦"的大取。所谓巢板指的是有铁质形成的斑点，这种原石研磨力优秀，适合研磨木匠工具；鸦则指含有黑色云母的岩石，适用于剃刀一类的精细研磨。当然，还有运气不好的时候，无论怎么挖，都始终是一片成不了砥石的粗劣石块。

和煤矿不同，砥石坑道里没有瓦斯爆炸的危险，取而代之的是尘肺病。工人在采石和研磨的工序里，无可避免地吸入粉尘，很多工人正值青壮年就早逝了。直到第二次世界大战结束后人们才知道了尘肺病的存在，在此之前，一直以为是坑道内的潮湿冷气侵蚀身体所致。

五十年代后，人工合成的砥石开始大量生产。合成砥石是在研磨材料里加入结合剂后做高温高压处理而成的，可以说强制性地缩短了天然砥石二亿年以上的生产过程。价格低廉且质地均匀的人工砥石一出现，就震撼了天然砥石行业，但这并非京都砥石业迅速衰退的唯一原因。从镰仓时代起，天然资源历经八百余年采掘已近枯竭，虽说还能找到一些残存矿脉，无奈成本高昂，正常经营难以维续。据说在十九世纪末时日本全国有一千多处砥石矿山，现在只剩下京都周围寥寥几处。"伙伴们都得尘肺病死光了呀。"加藤先生凝视着远方说。大突已绝无可能发现新矿源了，如今只有他孤零零一个人在加藤砥石工作。他住在大阪，开车过来要两个小时，能做的事，也只是捡拾一些尚有加工余地的废料，精心研磨，做成商品。"这一行到我这代就结束了。"他无限落寞地说道。

话说回来，从地质学的角度来看，砥石是怎样形成的呢？

砥石中质量最好的合砥，其原料是石英微粒和粘土结合成的硅质页岩。之所以称为"页"，是因为层面像书页一样横向延展，

京都高雄，大突砥石。
上／砥石坑道。中／切剩下来的石片。下／完成后的逸品。著者摄。

质地均匀缜密，同时也极易剥离。但是只有硅质页岩还不够，还需要有花岗岩岩浆的介入，双方经过轻度接触变化后，还需要在水的作用下风化到一定程度。所以砥石矿脉附近，一定能看到花岗岩。至于页岩主成分石英的由来，诸说不一，主流观点是由二亿五千万年前生存于中生代三叠纪到侏罗纪的原始生物放射虫的尸骸促生的。0.1—0.2厘米大小的虫体里所含有的1微米大的石英粒子以千年一毫米的速度沉淀累积，再结晶后逐渐变大，与粘土矿物结合后形成了生物硅质岩。但近年来还有新说法认为是大量黄沙经由东亚大陆河流入海沉淀所致，因为黄沙中所含的微细粘土与高岭土的成分比例，几乎与合砥一致。

地质学者推论说，京都的砥石山是三叠纪到侏罗纪时海底地壳剧烈移动的结果，赤道附近海底沉积的泥沙以极其缓慢的速度被推向陆地，在一亿年前与大陆造山活动产生的花岗岩岩浆相交，在不断的地壳变动和经水风化下改变了原来的姿态，化成了现在京都附近群山中的砥石原石矿脉。江户时代的书籍《日本山海图会》中有一篇《砥不离王城五里》的文章。摊开近畿地区的地图，会发现从京都西北的鸣泷开始，到梅畑周围的中山、奥殿、五千两、白砥、大突，再到爱宕山、八木以西，著名砥石采石场排成了一列，显示出这一带正是硅质页岩矿脉所在。

什么是采掘？在调查砥石的过程里，诺瓦利斯[1]的一段文字

---

[1] 诺瓦利斯（Novalis，1772—1801），德国浪漫主义诗人、作家、哲学家。

在我心中时常浮现。他在未完成的诗集《蓝花》里为采掘下了美丽的定义——拯救出被矿脉囚禁在大山深处的金属之王，让王与生俱来的高贵权能在地表得以充分彰显。

在光线黯淡的砥石坑道里，矿工凭感觉认定好矿脉的大体方位后，将长长的铁凿嵌入岩石缝隙里，用榔头敲击，剥下一片岩石，用凿子刨去凸凹。原石经过粗略加工后装入矿车运出坑道，搬运到加工场。这便是砥石开采的大体工序。加藤砥石的工房小屋就建在两条坑道的坡下不远处。

一块原石要变成商品，首先要修整形状，用电锯粗略地切割成长方形，切割时必须用水打湿原石，不然飞散的粉尘会诱发尘肺病。接下来用圆盘状的砥石将原石表面打磨光滑，当然，这种圆盘砥石的硬度非常高。打磨原石表面的场景非常有趣，因为圆盘表面还会放一些其他砥石，这种手法叫"茶目磨"，这是利用研磨产生的粉末将原石表面打磨得更细致，是为以磨打磨。就好像做关东煮，多种食材放到一起会互相增加滋味。最后一道工序叫作"镜付"，准备若干磨石，用水打湿后去抛光原石。如果原石里含有大量铁分，打磨过程中很易出现划痕，镜付工序就是消除划痕，把表面打磨到光滑闪亮的程度。做完以上，一块砥石就加工完毕了，接下来堆积放好，让其自然干燥。顺带一提，一般砥石只做单面抛光，反面通常只是粗略加工平整而已。

加藤先生讲解完制作工序后，又给我展示了各种磨光的石头。首先是砥石岩层下方的含碳的"黑板"，它是砥石中最没用的，掺杂着硫磺颜色青黑的"烟硝"也一样。而岩层最上方的"獠牙"因为硬度太高反而容易菱形开裂，也不能用。有的石质不均匀，大概是泥沙变成岩石之前海底微生物运动导致，这种斑驳叫作"生痕"，同样需要排除。用手抚摸一块生痕，确实手感犹如蚯蚓爬过一般。一块原石最后能变成商品，都是经历了这样严格的鉴定和选别的。

看过了劣质样品，接下来该看可以当作商品流通的砥石了。一列砥石顺序排开，都是长方形，七八厘米宽，约二十厘米长。灰底上泛着美丽的粉红和青蓝，好似鱼铺里切好的一块块金枪鱼腹肉。砥石根据形状、颜色和用途，又有微妙的不同。前面提过的"巢板"，因天然气散逸在石面上留下痕迹而得名，适合研磨木工工具；最高等级的砥石叫作"莲华"；"鸦"通体带着明显的黑斑，最适合研磨剃须刀；石面整体泛着红色的叫作"赤针"，属于软质砥石中的精品；"黄板"色泽如鸡蛋。还有梨地、巢无、红叶、羽二重、暗云等，越是高级稀有的珍品区分越细，据说售价也高得惊人。

研磨并不是件简单的事。无论磨哪种刀具，最初快速粗磨后，要转入精磨，最后做细致润色。原则上说，硬质刀具适用软质砥石，钢口稍软的要用硬砥石，当然软质砥石用起来还是最省力。无论是木工刨还是雕刻刀，切鱼刀还是手术刀亦或剃须刀，都有与之最相配的砥石。若再细分，每柄刀都有个性，磨刀人习惯也不同，哪一块砥石最称手，只有经过长时间摸索才能找到。总之，对待砥石和其他东西一样，只有花费大量时间才能有所了解。

加藤先生给我讲完课后，将刚才演示用的砥石送给了我。这是一块泛着铁锈色的巢板，对家用菜刀来说太硬了，研磨木工刨再合适不过。加藤先生虽这么说，但我连业余木工都不够格，哪里有自信能让这块砥石大派用场，但今日体验实在珍贵难得，我还是把它收下留作了纪念。

手里的巢板沉甸甸地压手。机会难得，我从小屋附近和山道上又捡了一些碎石片，背着沉重的背囊，下了山。

天然砥石之所以好用，是因为内含二到三微米的石英微粒和包容着微粒的黏土质。人工砥石无论多么精制，也造不出五微米以下的石英微粒。可见，质地的细腻缜密决定了天然砥石的胜出。原理上，石英的硬度为七，所以能研磨出硬度为六的钢。请容我详细解说一下。

研磨时先用水濡湿砥石，质地偏软的吸水速度快，硬度越高吸水速度越慢。将钢刃抵到濡湿的石面上来回研磨，石英砥粒会在摩擦的过程中剥离、破坏、上浮，使水变得浑浊。正是这些剥落的微粒磨快了刀刃，而砥石表面陆续剥落的粒子更加速了研磨的过程。石英砥粒和黏土结合得越严密，砥石硬度越高越耐久，如果不这样，砥石就会在摩擦中渐渐凹陷下去。再来看钢刃，研磨过程中钢刃的一部分会产生剧烈高温，钢刃在被砥石摩灭的同时，也因为高温而获得了更高的硬度。如果钢刃和砥石契合得好，研磨时刀刃就像被砥石吸住了一样。木匠们常说，拿起磨好的刨子时，下面的砥石也跟着起来了，这真的不是夸张。

另外，根据刀具的不同，刀刃抵在砥石上的角度也会有微妙相异。木工刨要立起三十五度角，小刀和雕刻刀二十度，菜刀要放低到十五度到二十度角。应急时用力研磨固然没有问题，但还是静下心来放松手劲慢慢磨最好。

过度研磨是刀具大忌。菜刀单面磨好后，刀锋会微微返向另一面，所以需要换面将返刃磨平，磨刀时要保留一些"刀肉"才好，不然长年使用变薄的刀很难消除返刃，刀的锋利程度自然会受影响。所谓刀具有寿命，说的就是这个意思。

砥石也是同样道理。质地偏软的砥石在使用的过程中，中间会产生凹陷。如果是砚台，这种凹陷会被珍视，对平直磨刀的砥石而言，凹陷却是致命的。一旦稍有凹陷的迹象，就需要用硬度更高的砥石把周围打磨平整。无论怎样小心翼翼，长年用过的砥石表面难免会出现伤痕，每次研磨时产生的浑浊水滴，便是砥石正被慢慢摩灭的证据。先前我在做石臼的调查时，见过无数被遗弃在农家庭院和村道边的石臼，那么，摩灭到极致的砥石究竟去了何处？上野公园不忍池畔虽有菜刀冢，但从未听说过有谁为砥石建冢做佛事。从镰仓时代起至今几百年间生产出的无数砥石，最后都走上了什么样的命运之路？

古希腊哲学家认为，风火水土四种元素构成了森罗万象的世界。法国现象学家巴什拉甚至认为，这四种元素赋予了人类物质想象力的原型，是所有艺术的灵感源泉。

从天而落的雨滴汇成水流，冲走了斜坡上的浮土。而被石子和落叶覆盖的泥土得以幸免，慢慢形成了隆起的土柱，这是大自然最简单的雕刻。这种土柱，至大能演变成澳大利亚的乌鲁鲁巨石和美国大峡谷。大地被炎热和风雨侵蚀产生裂缝，慢慢剥离，掉落的泥土或被水冲走，或化为尘埃在空气中浮游。地形在无尽的时间里发生着人类意想不到的变化，我们看到的众多自然奇观，实际上无奇可谈。呈现在那里的，只不过是亘古常在的时间，面对其浩瀚，寿命短如昙花一现的人类只能困惑，忍不住发出卑微的叹息而已。

二亿五千万年前石英微粒在海底的堆积形成了砥石，这些沉埋地下的岩石在近乎永眠的状态下，被惊扰、开采、加工、被当作工具使用，历经摩灭与破损后，又被遗弃，重新以无名的状态回归了大地。

我把从京都带回来的巢板与一块从荒川河岸上捡来的燧石摆在一起仔细端详。砥石是从矿脉上切割而下的，拾掇过边角，表面也磨亮了，虽然它只是用来研磨木工刨和菜刀的无名器具，却是在根基上支撑了日本文化的幕后英雄。再看燧石，只是我捡来的一块无人问津的石头，长方形，棱角早已被磨平。从巴勒斯坦的武装抗争中也能知道，从古至今，对石块感兴趣的不是孩子就是暴徒，石块因此被轻蔑，被无视，被当作危险之物受到排挤。如果有哪种视角可以平等地看待它们，那只有去观察摩灭之相了吧。背负着人为目的的东西，远离尘嚣不为人知的东西，都要在公平的无名性下走向摩灭。我祈愿能在未来邂逅一块古旧不堪、快被废弃的砥石，如果它摩灭得如同荒川河边不起眼的破石，再分不出彼此，对我来说，那将是一种多么巨大的慰藉。

第二辑 无常之观

如今通过『无常』一词，
我从日本中世感受到的，
并不是目不暇接的观念对抗。
不是对抗，更像是对话，
是在残缺的器物之间进行的幽默对话。

从无常到托马森

从日本传统美学的角度看,摩灭究竟意味着什么呢?

比如,我在日本各地旅行过后,再去韩国、中国、泰国等同属佛教文化圈的亚洲诸国,马上就能体会到不同之处。这些国家的古代寺院无论历史多么悠久,寺院建筑的墙柱乃至佛像都色彩艳丽,就像刚建好一样,且稍有褪色便会定期粉刷。再看奈良和京都的寺院,往昔涂抹在建筑和佛像上的漆料早已褪色剥落,露出了木头本来的颜色。这么说来,奈良从八世纪时开始建造佛寺,最初也曾有过如此光彩绚烂的颜色啊。然而日本人任由它们在岁月中褪掉了颜色,并不在剥落之上涂抹新漆。以前我在首尔一家大学里执教时,日本旅行归来的学生问了一个出乎我意料的问题。她很认真地说,奈良和京都的历史性建筑看上去破破烂烂的,漆也掉了,看不出颜色,既然日本经济很发达,为什么不去好好维修一番呢?

是啊,如果说日本人偏爱褪色和残败毁损之物,这种独特的感性究竟从何而来?当然可以说这是基于佛教的世事无常观,但泰国、韩国和中国也是受佛教文化影响的国家，他们认为重新定期粉刷维护旧物是理所当然的，为什么这在日本就行不通呢？

我想以此重新思考一下事物的劣化和毁损问题。我将引作参考的是乍看无关的两种观点。其一，是十四世纪吉田兼好[1]所著的《徒然草》；另一个，是二十世纪赤濑川原平[2]的托马森研究，即路上观察[3]。

《徒然草》的独到之处，在于从"有价值但已踏上毁损败落之途"的事物上发现衰哀之美。路上观察则相反，有些东西已经失去了价值，变得多余无用，却依然存在，并时刻彰显着强烈的自我主张。在赤濑川原平眼里，这些无用之物是一种对现有艺术观的深刻反论。这样看来，两者似乎是对立的，但这两种美学思考的出发点，都是事物的凋零，因而两者有很多相通之处。尤其是这两种观点都摆脱了事物有用/无用的区分，吉田兼好和赤濑川原平的达观视线是一致的。如果我们能在两人之间找到美学上互通的桥梁，也许就能为摩灭的美学加上一个"日本式"的形容词。

忽然发现我一路谈论了各种摩灭论，不知不觉间，和众多日本评论家一样，也走上了俗称"回归日本"的老路。细想来，这

---

[1] 吉田兼好（1283—1358），日本南北朝时代的官人、歌人、法师，也称兼好法师。文学造诣深厚，有著作《徒然草》存世，该书由杂感、评论、小故事等组成。

[2] 赤濑川原平（1937—2014），日本前卫艺术家、作家。

[3] 路上观察，即对路上隐蔽的建筑物、招牌、张贴画等一般不会纳入景观的街景进行观察和研究。

真是个值得深思的问题。

花盛开,圆月朗照,世人所能观赏,难道仅限于此?对雨恋月,垂帘幽居不问春归何处,亦有深趣。

这段著名的句子出自《徒然草》第一百三十七段。我十五岁时第一次读到,那时还不甚懂古语文法。以下引用现代语注释:"樱花的美丽不止在盛放时。赏月不必只在满月之夜。雨夜仰望水雾迷蒙的天空,想象那望不见的月华,是一件乐事,从天边低垂的浓云里寻找春的气息,亦是一幸。"当年的我并没有完全理解兼好法师这种剑走偏锋的审美情趣,毕竟对一个痴迷数学和游泳的中学生来说,别说理解了,就连欣赏花鸟风月都是另一个世界里的事。

但也很奇妙,因为我被接下来的一句深深打动了:"世间万物,唯始与终奥妙难言。"

眺望街角行走的人群,其中有不少相识的人,可见世上的人并不如想象中那么多。这些人都死去时,我当然也不在世间了吧。往大容器里灌满水,再在底部开一个小孔,水虽是点滴落下,总有流尽之时。就这样,《徒然草》的作者用各种事例执拗地讲述了一个道理——世事无常,死亡将降临于万物之上。樱花散后、明月隐于雨云的时刻更有风情。因为这是事物的终末之相,令人联想到必将到来的死亡。欧洲在文艺复兴时期也流行"莫忘死亡"

（Memento Mori）的绘画主题，这么看来，无常观倒像是这个命题的日式诠释。

有形之物终将随着时间推移而凋落，这不单指大时空下的大变动，对兼好法师来说，也是日常美学。比如在他看来，无论书籍还是建筑，完美无缺反倒呆板无趣，稍有欠缺或有未完成的部分才讨人喜欢。

有人言："细罗之装裱颇易损坏，可叹。"顿阿闻之，答曰："细罗上下磨损，轴上螺钿贝片脱落，皆庄严之态。"此言实为卓见。又有人言："一部草子中体裁不一，观之令人不快。"弘融僧都却道："凡物必备齐整一套，乃稚拙之人所为，参差残缺方有妙趣。"此言亦真知。（《徒然草》第八十二段）

书画卷轴上的螺钿贝片脱落了，书卷内容残缺不全，反而显得雅致深邃，这样的观点对同时代的欧洲人来说，恐怕是不可想象的。众所周知，古希腊哲学家亚里士多德在《诗学》中写道，美在于秩序、匀称与明确。从欧洲美学的角度看，《诗学》最后论喜剧部分的章节佚失，是瑕疵，是莫大的遗憾，与兼好所说的"残缺亦妙趣"不在同一审美范畴内。

兼好随后写道：

凡事尽求整齐一致，反而拙劣。未成之物，存其残缺，不止有趣，更显余味无穷。曾有人言，"宫殿营造必留未尽之处"，先贤所著内外之文，亦多见章节残缺。

在这一段里，视被动残缺为美的态度又更进了一步，对主动在建筑和书籍上留白的做法给予了肯定。也许兼好法师在执笔这一段时，心中所想的是他熟读过的老子"无用之用"的教诲。"凿户牖以为室，当其无，有室之用。故有之以为利。无之以为用。"（《道德经》第十一章）兼好将这段中国古代的抽象哲理不露痕迹地转化成了现实提案。

这里，我立刻想起了紫式部的《源氏物语》，全书一共五十四帖中，本应该描写主人公光源氏之死的第四十一帖《云隐》，只有标题，内容则是一片空白。人为制造的文本欠缺，反而深刻地展现了死亡的不可表象性，章节因为不存在而显得余音缭绕，这种令人惊讶的文学试验恐怕在世界文学史上也找不到同例。在日本文化中再做探索，则可以发现类似手法不胜枚举。在我看来，传统日本房屋里"间"[1]的概念、日本画上的留白，都是兼好法师所说的"主动欠缺"的变奏。

话题说远了，重新回到兼好所说的"时间流逝带来凋零与毁损的美学"上吧。

一般而言，直到十八世纪以后，欧洲人才从罗马版画家皮拉

---

[1] 日式房屋内的间隔。

内西[1]和近代浪漫主义诗人的作品中体会到古代废墟充满着"甜蜜的忧郁"。而日本早在中世[2]，就已经用肯定的态度看待建筑与场景的荒废之美了。唐木顺三[3]于1965年所著的《无常》，便是这样一本追溯日本美学精神史形成过程的美妙之书。

唐木认为，平安时代（794—1192）宫廷贵族女性所共通的"儚"（事物如梦一样短暂）的情感，随着贵族的没落和武士阶层的兴起，被男性化的"无常"所取代，而"无常"再借由镰仓佛教宗师道元禅师之手，成为绝对法则，这个过程正是日本美学史上最本质的转折点。比如十世纪时藤原道纲母[4]《蜻蛉日记》中的"儚"，只是一种因被正史排除在外而感到身无所依、茫然无助的情绪，到了《源氏物语》的时代，则演变为一种普遍的存在。"儚"不再是偶发的情感，而是作为人物的本质，确切地体现在了每个角色身上。曾经用于表达脆弱和预示毁灭的"儚"，演变成了一种具有正面意义的幽深美妙的情感。到了《和泉式部日记》[5]时，这种情感更登上了新台阶，"幽深美妙"本身又被视为如梦一样短暂，书中描写出了意识的自我回转。在我看来，

---

[1] 乔瓦尼·巴蒂斯塔·皮拉内西（Giovanni Battista Piranesi，1720—1778），意大利雕刻家和建筑师。他以蚀刻和雕刻现代罗马以及古代遗迹而成名。

[2] 日本中世的概念由日本历史学家原胜郎在1906年首次提出，指的是从1192年镰仓幕府建立到1573年室町幕府覆灭之间的近四百年时间。

[3] 唐木顺三，日本评论家、哲学家、思想家，以对森鸥外的研究闻名。

[4] 藤原道纲母（936—995），平安时代中期的歌人，"中古三十六歌仙"之一。

[5] 《和泉式部日记》，为日本平安时代女性作家和泉式部的日记文学作品，约成书于1008年，记述和泉式部在情人为尊亲王去世后，转而与敦道亲王相恋的爱情故事。

这种被凝练了再凝练的观念，最后用"颓废"二字来形容最为恰当。

保元之乱[1]发生后，武士阶层开始兴盛，"儚"的系谱由此中断。在此，唐木着重引用了建礼门院右京大夫[2]与平资盛[3]死别之后所写的诗集，认为宫廷贵族式的"儚"在此时渐渐消失，变身为男性视角的、超越了伤感的无常观。唐木梳理了与死同义的"无常"一词怎样随着末法思想[4]的流行而广为人知，又怎样经由源信、法然、亲鸾等思想家的琢磨而凝结成一种价值观。所以到了兼好法师的时代，无常早已不是感伤悲叹，而被看作是世上一切的根本实相。但在《平家物语》里，无常又退化成了饶舌而华丽的文字修辞，只是一种情绪表达。著有《方丈记》的歌人鸭长明更是把无常当作一种生活美学来沉溺享受而已。只有一个人，把无常从"儚"的伤感情绪中抽离出来，当作一种思想观念

---

[1] 保元之乱，一场1156年7月发生于日本的关于皇室继位问题的内战，对阵双方为后白河天皇和其支持者平清盛、源义朝等，以及崇德上皇和其支持者平忠正、源为义等。最终后白河天皇一方获胜。保元之乱的双方均借助武士的力量作战，标志着武士阶层走上日本政治舞台，成为日本武家政治的开端。

[2] 建礼门院右京大夫（1157—不详），平安时代末期至镰仓时代初期的女歌人。著有《建礼门院右京大夫集》，所著多为情诗。

[3] 平资盛（1158或1161—1185），日本平安时代的武将。是平清盛的孙子，平重盛的次子。

[4] 佛教术语，释尊入灭后，教法住世历经正法、像法时代，而修行证悟者渐次减少，终于至末法时代，从此一万年间，则仅残存教法而已，人虽有秉教，而不能修行证果。此一万年间，即称末法，此种末法思想散见于经典之中。

进行了彻底的探求，这个人就是道元[1]。道元否定了无常和常住的二元对立论，提出了"佛性本身亦无常"的惊人结论。从这个结论睁眼洞见森罗万象，以往只是无意义无限循环的时间，顿时充满了光明庄严，诸法圆满——道元的《正法眼藏》如是说。

以上长篇概括了书中内容，可以看到，唐木顺三所著的《无常》是一本笔调悲观的书。唐木用此书向一度因为盲信国家、民族和阶级等绝对权威转而在第二次世界大战后重新陷入绝望虚无主义的日本人发出疾呼——不要继续沉溺在伤感情绪里，只有彻底思考，才能克服虚无主义。同时，这也是唐木的自我拯救。这位存在主义哲学家的目标，就是追寻无常观如何随着时代一路上升，如何经由道元禅师达到了思想的绝顶，由此，《平家物语》和鸭长明等文化符号式的存在在他的书中形同插曲，也就不足为奇了。但是，我在感喟于贯穿全书的紧迫感的同时，也有些许不认同之处。

第二次世界大战已过去五十年，距离唐木执笔《无常》的六十年代也过去了几十年，如今通过"无常"一词，我从日本中世感受到的，并不是目不暇接的观念对抗。不是对抗，更像是对话，是在残缺的器物之间进行的幽默对话。我为之着迷的，不是拿器物当载体的抽象理念，而是承载了理念并以自身的物质性为

---

[1] 道元 (1200—1253)，日本镰仓时代入宋求法的高僧，日本佛教曹洞宗的始祖，也是日本佛教史上极为杰出的思想家和宗教家。《正法眼藏》是其思想的集大成之作。这本书对禅宗的一些基本思想概念，做了不少创造性的解释。《正法眼藏》也是日本佛教史上第一部用日文撰写的思想专著，在日本佛教史上占有重要地位。

傲的器物本身。封面脱落了的书籍。掉了贝片的螺钿挂轴。凋零满地的樱花。不知藏在哪朵雨云背后的月亮。兼好法师将这些现象一一耐心捡起，无一句豪言壮语，只是赏玩现象背后共通的趣味和微妙的偏差。他避开了抽象说理，不受任何绝对观念的拘束，只用"我和你并无二致"的眼光去看待事物。我喜欢《徒然草》，就是因为读起来能感受到这种微小的愉悦。

临风松柏未及千年，已摧为薪，古墓犁为田，坟迹无处寻，悲哉。（《徒然草》第三十段）

日本文化对这种无常光景的偏爱，源头究竟在哪里，这恐怕很难下严密的结论，只可以做大约推断。八世纪，正是日本享受从中国传来的优雅新文化、赞美"好青丹造奈良都"的时代。可以想见，那时，无常的美学尚未确立。十一世纪的《枕草子》里也看不到对旧物的怀恋，对清少纳言[1]来说，传统和过去是"现今已无用的东西"。她笔下的"云锦包边的草席，磨损处露出了里面的草茎""唐绘屏风上有污迹，表面也破损了""葡萄染的织物褪色泛灰"等句子中，破损和褪色都带着负面含义。何况，清少纳言紧接着还嘲笑年老失明的画家，"好色而年老衰败"。就连不经整饬的庭院，也被说成是"一个风流宅子的树木虽然烧毁

---

[1] 清少纳言（966—1025），日本平安时代女作家。其所著的随笔集《枕草子》，与《源氏物语》在日本文学史上，被并列为平安时代文学作品之双璧。

了，池子还原样，只是长满了浮萍水草"。她关心崭新的、令人瞬间心动的东西，时间推移的意义在她看来，只是催促事物劣化罢了。

就像唐木顺三所说，这种态度在十二世纪后半的平安时代末期发生了决定性变化。后白河天皇编纂的《梁尘秘抄》虽是歌谣俗曲，已经流露出了对凋零之美的欣赏。

见后使人心静之物，如神社倒塌，既无袮宜[1]，也无祝，荒野上一座破堂，膝下无子的老衰式部[2]。（《梁尘秘抄》第二卷，第三百九十七首）

顺带一提，《梁尘秘抄》是《徒然草》的作者兼好法师爱不释手的一部书。

《徒然草》中出现的片断性的感想，经过室町时代（1336—1573）和战国时代（1467—1590），演变成更禁欲洗练的侘寂美学，在江户时代俳人松尾芭蕉的作品里达到了极致。这段历史就不再赘述了。不过这个废墟之美的系谱，在芭蕉之后并未断绝，我们甚至可以在早已对"近代"一词感到无限疲敝的二十一世纪诗人身上看到痕迹，看到现代人对古代审美的无意识继承。在此，我想引用一句短歌诗人石井辰彦的歌集 *Bath House* 开头的一首。

---

[1] "袮宜"和"祝"都是神社的神职人员的称呼。
[2] "式部"为宫廷女官的称呼，如紫式部、和泉式部。

梦中回到已故祖先的家，破旧屋宇，无数次入梦。

艺术家赤濑川原平所做的路上观察，取名为"超艺术托马森"，在八十年代前期风靡一时的摄影杂志《写真时代》上连载了一年半，后来结集出版了单行本。在连载期间，以他为中心结成了一个名为"路上观察学会"的活动小组，组员们从日本各地发来了观察成果，南从四国诸岛，北至东北地区。我也在最初跟随赤濑川一起活动过，带着照相机徘徊在横滨和巴黎的街头，发表了研究成果。

发掘古代旧物并进行分析测定的学问，叫作考古学。那么与考古相反，认真收集现代街角的事物和表象，通过分析去观察时代本质的学问，就可以称为"考现学"。这个说法最早是民俗学者今和次郎在二十世纪三十年代提出的。另外，如果已经既存的艺术是艺术的话，那么，创作目的不明却公然存在的难解物体就是"超艺术"了。赤濑川凭借这两个关键词，赤手空拳深潜进八十年代的东京，想找出隐藏在"细节里的神灵"。

至于"托马森"，原本是七十年代巨人棒球队从美国高价请来的外援选手的名字。这位托马森来到日本后成绩一直不理想，后来几乎没有出场机会，但因为签有合同，巨人队也不能把他直接送回美国，于是巨人队的球迷们经常看到魁梧的托马森选手坐在替补席上百无聊赖。由此，赤濑川就给"花费了巨额成本设置却半途而废、被原地闲置了的建筑物或装置"起了个名字，便是"托马森"。

比如路边的一些小装置，只是默默存在，丝毫不引人注目，或者说是被人遗忘了。这些装置原本具有实用性，现在已然成了废物，拆除却还要花费重金。于是人们不再关心怎么处置它们，就任由它们去了。岁月给它们添了满身伤痕，让它们变得残缺不全，通体肮脏。这些就是"托马森"的大致特征，具体还有若干分类。

比如东京都中心地带有家医院，楼上有一扇通行了多年的便门，如今左右都被封口，无法通行，门也就失去了意义，变成了无用门。

私人住宅的院墙上原本设置了接收报纸信件的信箱口，被封口后只剩一个细长的金属边；重新粉刷的墙壁上只剩了一个门把手，以及被砌进墙中消失了的门柱。

高楼的墙面上无故留下的金属踏板。相反的类型则是，没有楼梯连接却凭空出现在高楼墙面上的一扇门（不知怎么进入，一旦开门更会一脚踏空，危险至极）。

从地面起步的台阶，没上几阶便迎面撞上一堵墙，或者几阶之后便中断了。这种没有任何意义的台阶被称为"纯粹台阶"。

柏油路旁几个意义不明的石柱或石笋排成一行，就像自生在那里的蘑菇。有的是混凝土制，有的是被固定住的硬塑料块，材质多种多样，唯一共通之处便是休想动我半分的气势。这种类型最初是在爱宕山发现的，所以被叫作"爱宕型"。

木头电线杆被切断后剩下的木桩，有的高几十厘米，有的齐着地面被截平，在行人的踩踏下磨灭得非常严重，虽然形态不一，统称"阿部定电柱"。

木屋在失火烧毁后被拆除，因为和隔壁大楼紧邻，所以在大楼侧墙上留下了火烧的痕迹，这种叫作"核爆型"。

罗列了这么多类型，已经足够了吧。如此就能明白，托马森是在特定的条件和环境下发生的。首先，日本从五十年代到六十年代的经济高速发展期告一段落后，街头巷尾新旧房屋建筑混杂在一起，这是特定条件。只要旧建筑和道路的用途、规模以及方向性发生变化，做了改建或改装，就有可能出现托马森。政府在1964年东京奥运会前后撤换掉了全部木质垃圾箱和木质电线杆，阿部定电柱就是在这项行政措施下诞生的。而核爆型，则是地区开发重建时拆除老旧木房子后留下的过渡性产物。至于爱宕型，很可能是城市改造时扩建道路、或者划分车行道和人行道之后，旧的道路设施因为某些原因没有拆除被留在了原地。

东京的托马森现象在八十年代初开始引起人们注意，这说明了什么呢？细想便会明白，五十年代时，到处都还是战争期间美军空袭留下的焦土，而在二十一世纪的当下，经过泡沫经济时代大规模基础建设和土地开发后，众多旧时代的托马森消失了踪迹。如此看来，东京奥运会结束后到泡沫经济开始前这二十年时间，在某种意义上可称为过渡期。所以，八十年代正是托马森观察的

"托马森"滑臂系列。上图为公园的游玩道具。下图关注植物的叶子。摄影：赤瀬川原平。

黄金年代。

话说回来，单有废弃的建筑痕迹还是不够的，十九世纪末奥斯卡·王尔德说过一句意味深长的话，"在浪漫主义者发现黄昏之美并开始颂扬之前，黄昏是不存在的"。同样道理，正因为有寻找托马森的视线，托马森的存在才得以被确认。托马森出现的前提，是要先有一群以悠然达观的态度在都市中徜徉的散步者。

行走在五六十年代东京街头的人总是脚步匆忙，投石示威的政治纷争时常发生，整个世界都在"有用"的原则下忙碌运转，没有人会为僻静角落里无用的存在驻足。托马森的出现，与政治风暴在街角停歇消散、老城人文怀旧与二十年代大正摩登情调开始重新流行的时期相重叠。只不过，艺术家赤濑川原平的视线里没有任何伤感与怀旧，他冷静平实，心怀批判精神，关注的是物体形状呈现出的怪异可笑感。他不为逐渐消失的老东京流泪，也没有对光怪陆离的新建筑表示愤怒，只是将视线集中到那些在新旧交替的时代里被抛弃到一边、卑微得像个笑话的小东西上，投以会心的幽默感。

托马森的出现，除了时代条件，还要考虑地理和文化的不同。正因为是东京，街头稍有微妙的脱节，马上就能被识别出来。正因为有这样的环境，托马森观察家才能收获不少人的赞同和理解。我七十年代时曾在首尔住过一段时间，在那里，即使有的石板路有着奇妙的隆起，路上有用途不明的高低落差，也没有人关心。因为大多数韩国人认为，所谓道路就是不规则和即兴的连续。还有巴黎或罗马那样的欧洲古都，现代建筑之间忽然冒出古罗马时代的巨大遗址，这根本不是什么罕见奇观，在这些城市讲托马森这种短期形成的小规模遗址该有多么滑稽，哪怕说破嘴，也不会被理解。

东京在它还被称作"江户"的时代起，几乎每三十年就会遭遇一场大火肆虐，所以全城几乎没有能称为古建遗址的场所。近代以后，地震和空袭，再加上奥运会时的城市规划，让东京在短短几十年里经历了数次变化。换言之，东京虽然是一国之都，却几乎没有历史痕迹。正因缺乏时间的广袤与厚重，所以才允许人们把幽默的视线投注到微不足道的小玩意儿上。我们必须从这个层面去理解在东京发现托马森的意义。这其实是一种东京论。

托马森是微小的废墟，它们无论在时间上还是空间上的规模都实在太些微，以至于没人将它们认定为废墟。它们只是存在过的建筑的一部分，是痕迹，并非整体。精确来说它们是事物毁损后残留的断片。没有人认为托马森有价值，它们就那么一直被遗忘废弃在原地，表面陈旧而污浊，多半还有开裂，而且一旦土地再次开发就马上会被拆迁撤走，不是什么能恒久长存的东西。

赤濑川对托马森的观察也彻头彻尾地停留在表面。即使他和《徒然草》的作者有共通的达观姿态，但两者截然不同的地方在于，赤濑川从托马森身上既没有感到无常，更不为其伤感，同时他还谨慎地不从政治和历史变迁的角度做文章。说起来，托马森与卡夫卡短篇小说《家长的忧虑》里的奇妙物体奥德拉德克有几分相似，都奇形怪状，还来历不明，茫茫然没有任何目的和用途。

无数等车的乘客在地铁长椅背后的墙面上留下了头发上的油渍。水泥墙上垂下的蔓草被风吹来吹去，就像雨刷在墙上印下扇形擦痕。这些也是一种托马森，出自物体之间的摩擦，与本书的摩灭主题亦有很深的关联。换作杜尚，多半会认为这种痕迹贴切地表达了 inframince[1]，即我们在下一章要谈到的"虚薄"的概念。杜尚以对传统艺术的颠覆和戏谑而留名二十世纪美术史，赤濑川之所以把托马森命名为"超艺术"，想必也是在呼应杜尚的艺术观吧。赤濑川在寻找托马森的过程中曾被人问及对杜尚遗作《给予》（*Étant donnés*）的看法。他说，"那是一个精彩巧妙的作品，但如果从门上的小孔看过去，对面没有人物也没有远景装置，只那么一扇无用的木门的话，那就是一个很棒的托马森，毫无疑问是超艺术"。

为寻找托马森，赤濑川原平第二次走上了东京街头，他的第一次，是 1964 年和新达达主义[2]的年轻艺术家伙伴们一起策划"东京搅拌机计划"。他们各自在身上挂满了晾衣夹和传单，打扮得像木乃伊一样在东京街头踏步。他们跑到银座，一心一意地清洗打磨起某个街角的石板路面，干了不少让路人惊讶的事。那一年正值东京奥运会，当时东京都呼吁市民清扫城市，赤濑川和伙伴们的举动便是对清扫运动的恶搞式抵抗，他们在公共空间里做没有目的和意义的事，起到了扰乱空间的效果，亦有一种积极意义。当时，还在举行作品展的第一天里，他们将艺廊所有窗户和

---

[1] "虚薄"（inframince），是 1937 年杜尚思考现存品与艺术可能性而提出的一个隐秘概念，试图打开自身通往他者的微妙的通道。
[2] 新达达主义，针对"二战"后美国现代艺术中盛行的抽象艺术创作进行反思并提出质疑，由此发展成的种种新流派，诸如集合艺术、活动艺术、欧普艺术、波普艺术、新现实主义、偶发艺术、激浪派等，这些后现代主义流派统称为新达达主义。

门都用钉子和木板封住了，直到展览预定结束的那天才启封，并顺便进行了一场开幕派对。

在结束了作风荒诞的无政府主义艺术实验后，又过去二十年，赤濑川重新走上东京街头，这一次他是托马森观察员。他不再像从前那样挑衅扰乱公共秩序，而以一种更达观的态度去凝视那些失去了目的和用途的事物，或者说，从用途和目的中得到解放的事物。有趣的是，他的这两个行为乍看毫无关联，却在深层的范围内密切相关。大部分托马森，是在六十年代东京奥运会热潮前后住宅改造和道路扩张的背景下诞生的。此外，他对封死的门窗的关注，和他在新达达主义时期与同伴在租赁画廊里进行的艺术实验有主题上的高度重叠。托马森最终呈现的戏谑恶搞气质，对他来说，既对抗了官方权威，也否定了物体在现实日常生活里的实效和意义，他的这种姿态，可以看作是六十年代精神的延续，只是换了形状而已。

将托马森视为"无用之用的研究"时，我不由得想起古代中国的老庄思想。关于托马森的路面观察结束后，赤濑川在九十年代致力于"老人力[1]"的思考，如此看来，将他与老庄思想挂钩也并非牵强。《老人力》这本书倡导从世间严密而正确的秩序中退后一步，在怠惰和暧昧中活下去的人生态度，与庄子说的"万物齐同"颇有相通之处，在这里，老人与失去了目的和意义被闲

---

[1] 老人力，指将衰老带来的负面影响当作正面力量，提倡乐观的正面的老人观。二十世纪九十年代末，赤濑川原平出版的《老人力》成为社会现象级的畅销书。

置的托马森也遥相呼应。可以说,《老人力》是一本教人如何自我托马森化的指南书,赤濑川在八十年代实践的达观之法,在九十年代得到了进一步深化。不对,"深化"这个词似乎和他标榜的优柔寡断顺从天意的老人力互相矛盾,毕竟他所追求的理想,是从所有的"人为"中解放出来。

从无常到无用,为了比较吉田兼好和赤濑川原平这两个相隔了七百年的人,将老庄思想当作第三方的参照,则比较容易理解。《徒然草》的作者兼好法师不喜欢完整、完美之物,从欠缺和未完成的事物中寻觅美的踪迹。而托马森研究家赤濑川,则是用灯光打亮了那些曾经一度完整过而又遭抛弃的破败之物。

兼好身上有,而赤濑川缺乏的,是无常的哲学。赤濑川有之而兼好不具备的,则是将事物视为纯粹客体加以把玩的态度和手法。然而,他们两人还有很多共通点,那就是他们都能在过剩和欠缺所呈现出的"非秩序"中找到乐趣,都在津津有味地关注事物如何随着时间流逝而发生变化。但话说回来,他们两人身上的美学偏差,究竟能不能收归在"日本式的"这个形容词下,抑或他们的美学只不过是从日本式的事物中逸出的一段插曲而已?这些问题都尚待解答。

关于虚薄

人已走远,四下空气里飘散着淡淡香水气息。

喝下最后一口葡萄酒,放下酒杯,些许残酒从玻璃杯壁上缓缓滑落。

泪痕。

白昼青空上的一抹烟白,那是将消而未消的弦月。

口中即将含化的硬糖,轻薄锐利,如一片刀刃。

漂浮在海面上的废油,随波起伏,在阳光下闪现出各种奇诡的光亮。

效颦清少纳言的《枕草子》,我罗列了一下所能想到的清淡微薄的意象。写这些有什么用?当然没有实际用途,只是,这些莫名相似的意象让我心旷神怡。思索厚重的事物令人抑郁,而空想一些轻而微薄的图像,心情也会随之轻快起来。

仅就我所知,马塞尔·杜尚是唯一一个对事物的轻薄进行了美学考察的艺术家。这位狷介而奥妙的超现实主义者,在他死后公开的笔记里，留下了对 inframince 一词的哲学思考。inframince 是个陌生词汇，在日本一直被译为"超薄"或者"极薄"，听上去很别扭。杜尚本就难解，这下变得更晦涩了。其实这个词本身没那么深奥，给普通的 mince（薄）加上表示"低于、之下"的前缀 infra，意指"比薄更薄"。按照我们的语感，且将其译为"虚薄"。

杜尚的笔记由四十六个断章组成，不仅写到了视觉和触觉上的虚薄，还涉及到听觉和嗅觉方面，是对"薄"的概念的一组形而上的隐喻。笔记因为是他写给自己看的备忘录，言辞极致省略，大部分很难理解，以下是相对简单的几则：

烟草的烟，吐出烟的嘴，散发出同样味道时，两者被 inframince 结合到了一起。（嗅觉上的虚薄）

（人起身后）座位上的余温，是 inframince。

刚刚从地铁闸口穿行而过的人留下的气息，是 inframince。

身穿天鹅绒长裤时，裤管摩擦发出口哨一样的声音，这是声音造成的 inframince 的分离。（并非 inframince 的声音？）

用锉刀。研磨。inframince 之锉。砂纸。研磨布。做这些事情时会有 inframince。

如果用同一个模子做出的两件东西有不一样的地方，这种差异即 inframince。所有的"同一"无论如何相同，（或者说越趋向相同），其差异越接近 inframince 的领域。

有意思的是，在杜尚看来，inframince 并不呈现在事物单独静止的状态上，而是诞生于事物互相发生关联的瞬间。关联的偶然随机性，即 inframince。所以他还写道，"可能性是一种 inframince。几根油彩颜料的软管渐渐变成一幅修拉[1]的画，可谓 inframince 的具体实例"。

人对旧事的遗忘，是一种虚薄。相反，人没有认真看一个东西，只是在偶遇时匆匆一瞥，这也是虚薄。我们在信息爆炸的现代消费社会里，随时随地体验着虚薄。这也是我们去美术馆看展览时，面对海量展品不由自主采取的态度。针对现代的虚薄，至今为止，可曾有人不带轻蔑贬义地指出过？只有艺术家的锐眼，才能看出工厂量产的"同一物"之间的微妙差异。正是杜尚，将买来的小便池当作自己的作品拿去展览，把"既成品"的概念引入了艺术世界，因为人们看待既成品的目光，绝非厚重的凝视，而更趋向虚薄，看过便忘，所以也没什么可奇怪的。

威尼斯附近有个小镇名叫特雷维索，我对小镇建筑外墙的湿壁画很感兴趣，当年留学时曾去看过一次，最近又做了重访。

湿壁画是在保持潮湿的新鲜石灰泥墙壁上直接作画的技法，现在很少有人用了。湿壁画干燥后非常牢固，梵蒂冈的西斯廷礼

---

[1] 乔治·修拉（Georges Seurat, 1859—1891），法国"新印象主义"画派的重要代表画家。

拜堂圆顶内壁上的壁画，至今清晰可辨。但是特雷维索和其他几个意大利北部的小镇，不知为何，在某个时期流行把壁画绘在露天外墙上，几百年过去了，至今还能看到一些痕迹。

不用说，经过数百年风吹日晒，壁画褪去了往昔的色彩，大部分壁面或者脱落，或者磨损，几乎看不到完整画面。如果耐心观察街角老房子的廊柱边缘，或者商店二层的墙面，依稀能看出那里描绘着植物纹样和圣人像。令我心醉的，便是这短暂而优美的虚薄之相。

一条商业街横亘于小镇中心，我这次来，首先去看了商业街外的一间银行的老房子。我记得墙上的壁画早已脱落，只留下一点浅淡的印记，能看出画的是五个女子站着交谈的情景。循着记忆一路找过去，壁画果然还在，和从前一样，呈现出淡而薄的一层。五人中只有最左侧的少女脸上还留着表情，我站在和上一次来时同一个地点细细观察，虽然没有确信，总觉得她的容颜比前次看到时风化得更严重，更难看清了。摩灭正在以人眼不能见的速度缓慢地进行。再过半个世纪，她就会永远湮灭吧。再过一个世纪，连见过她的人也都死完了，如此，世上关于这位少女的记忆，将完完全全地消失殆尽。

我在银行外墙上看到的这幅即将消失的画面，正具备了虚薄的特质。但在此之前，我为了确认十年间壁画究竟摩灭了多少而重访此处的行为本身，更可谓是典型的 inframince。

如果说，杜尚从这里出发，走向了对美国式既成品的形而上思考，那么我的梦想落脚之处，则是日本传统的无常观。不过，现在下结论还太早，我还想对这个虚薄的观念多玩味一会儿。

特雷维索的银行外墙的少女像。

人生的乞食

与其说人耗尽了一生,不如说是一生把人用光了——旁观形形色色的人生后,难免要发出这样的感叹。

有的人因为偶然际遇,经历了非常人所能及的荣光与没落,如今精疲力竭,感到一切都是虚空,连活下去都是痛苦的事,因为那个灵魂知道"活着"本就毫无意义。他已经没有重生的机会,然而肉体尚未得到死亡的应允,他被人遗弃,苟延残喘。不知从何时起,我开始深切地关注起这样的人生残败者,他们有的出现在我的现实生活里,有的是在媒体中偶然见到,还有的来自书籍。每次与这一群人偶遇时,我都在心里称他们为"人生的乞丐",想侧耳倾听他们的来历。"说呀,你究竟怎样虚掷了青春?"魏尔伦的这一句诗,伴随着小提琴声[1]浮现在脑海里。

对人而言,凋零,或者没落,究竟意味着什么?

---

[1] 这里的小提琴也是魏尔伦诗里的典故。魏尔伦著名的《秋日之歌》的开头提到了小提琴,"二战"中盟军诺曼底登陆时给法国的抵抗者同盟发暗号,用的就是《秋日之歌》的开头几句。

这是十九世纪法国作家巴尔扎克终生思考的问题。如果司汤达述说了英雄主义和幸福，福楼拜以遁世者的态度怀疑一切，那么巴尔扎克描写的则是从人生巅峰跌落下来的人和无力抵抗命运而选择了自我毁灭的人的悲哀。神创造了人，然而在有计划的自我毁灭过程当中，人是自己的造物主，这就是《人间喜剧》作者的信念。

自杀这件事，是多么地伟大而恐怖，大多数凡人的没落，就像小孩从低处摔下来，并不会受伤。但是一个伟大的人物就不同了，他是从高处跌落的，他爬到天上窥见过凡人难近的天堂。（巴尔扎克《驴皮记》）

是的，要想摔得气势非凡，就得先爬到非比寻常的显赫高位。有人野心素积，选择了一条自不量力的道路。最开始他每赌必赢，成了社交界红人，获得了地位和名望，走到了幸福顶点。但他越来越贪婪，终于把自己推到了危险的边缘。忽然有一天，破灭降临到他头上，接下来会发生什么就不用讲了，太阳底下无新事，没落之身所讲述的悲剧，都似曾相识。关于这一点，他们都不自知，所以越发显得悲哀。

巴尔扎克在三十二岁时写的《驴皮记》，描写了一个青年自灭的过程，在文豪留下的众多作品中，这是令人印象格外深刻的一部。接下来我想详细介绍这篇小说，感受一下这位伟大作家眼中映照出的人生摩灭之相。

小说主人公拉法埃尔·瓦朗坦因为父亲破产而陷入贫困,所以想去巴黎找个机会。最初三年,他连朋友和女朋友们也避而不见,埋头在一个破旧阁楼里孤苦隐居,只与房东的女儿波利娜建立了良好关系。这个野心勃勃的青年并不在意仰慕他的波利娜,一心只想着如何进入巴黎社交界,想得到兼有地位和美貌的女性青睐。功夫不负有心人,他结识了馥多拉伯爵夫人,并展开热烈追求,两人关系进展到了可以在卧室谈心的地步。但是他因为无心失言惹怒了伯爵夫人,被冷酷地驱除出门,那之后,拉法埃尔开始沉溺赌博和放荡,自暴自弃。他一心想征服所有社交圈的女人好报复全世界,用他自己的话说,"放荡生活用自己有力的双手把生命的果实都榨干了,只在它的周围留下难堪的渣滓或连自己都不相信的谎言"。

《驴皮记》的故事,从戴着"一顶边缘已经脱毛的帽子"的二十六岁青年拉法埃尔拿着最后几枚银币走向赌场孤注一掷的场景拉开了序幕。时值十月末,铅灰抑郁的冬天正在逼近。引用一段原文,让我们看看巴尔扎克是怎样用绵密饶舌的文笔幸灾乐祸地描写了这位青年的:

他青春的脸部轮廓,优雅中带着忧愁的阴影,从他的眼神中,可以看出他的努力并没有得到回报,而希望全部落空;一心求死的人所特有的忧郁和麻木,给他的前额染上了病态的土灰色。苦涩的微笑使他的嘴角铭刻下细小的皱纹，他脸上自暴自弃的神情，让人看着心痛。他那因纵欲过度而浑浊的眼底里，还闪烁着某种不为人知的才华的光芒。他那曾经燃亮着纯情光彩的高贵容貌，如今一点影子都不剩了，放荡生活早已在上面烙印下了污浊。医生们无疑会把他眼周的黄圈和面颊上的黯淡血色归因于心脏和肺部的痼疾。

而在赌场门口收下瓦朗坦的帽子递给他号牌的人，是个年轻时就沉沦在赌徒生活里、现已穷途末路的老头，他用无神而冷漠的眼光瞥了一眼主人公：

如果是哲学家，也许可以从那一瞥里看到慈善医院的悲惨、破产者的落魄、数不清的窒息尸检报告、终身苦役和流放加扎科[1]的暗影。这个老人，就像全靠达赛[2]发明的骨胶汤维系着生命一样，那张毫无生气的老脸，正是跌落到谷底之人的惨白模样。他的皱纹里，还留着往日的苦恼痕迹……他就像一匹无论怎么鞭打都不见效的驽马，任何东西都无法触动他。输得精光的赌徒走出赌场时的痛苦叹息、无声的咒骂、一双双变得空洞的眼神，现在的他早已无动于衷。

---

[1] 加扎科是墨西哥的一条河流，沿岸有一大块土地，曾是法国的殖民地，当时法国当局曾把犯人流放到这里。
[2] 达赛（1777—1844），法国化学家，发明家。这里所说的骨胶汤，是一种廉价补品，在巴尔扎克时代，一般慈善机关都有出售，专供贫民饮用。

这段活灵活现的审丑描写，写尽了褴褛人生所特有的表情——失去了活着的感动，也尝不到死亡的甜头。巴尔扎克的大部分作品，描写的都是这样的人生流转，青年拉法埃尔的绝望怎样一路变成了赌场门口老头的冷漠麻木。

巴尔扎克世界里的人物，通过极致的人生选择而浮现。拉法埃尔年纪轻轻就在几次选择中失败，形容落魄，他像中了咒一样，赌博这个选项始终无法停下手。他的面容和衣着上遍布着摩灭和劣化的征兆。最后他当然赌输了，把仅有的三个铜子儿施舍给塞纳河边的乞丐后，脑子里只剩下一个念头，就是自杀。到此为止，这就是小说的开篇，接下来，驴皮的故事才正式开始。

名副其实一文不名的拉法埃尔，仿佛冥冥中被人指引了似的，走进伏尔泰堤岸边的一家古董店。店主是个穿着黑天鹅绒便袍的矮小老头，前额上满是皱纹，自称百万富翁，已活了一百零二岁，他给青年介绍了店里的各种珍宝，最后拿出一块驴皮。这张驴皮虽然只有狐皮那么小，却在漆黑的店里放射出耀眼的光辉，"简直像一颗小彗星"。那种神秘的光亮，似乎是从磨得异常平滑的皮面上反射出来的，"皮面上的黑粒，就像石榴石的切面"，形成无数折射光亮的焦点。店主故弄玄虚地说，这块驴皮是一个婆罗门教徒给他的。皮的背面刻印着阿拉伯文咒语，"如果你占有我，你的愿望将得到满足，愿望每实现一次，我就缩小一圈，就如你生命的天数"。

巴尔扎克在描写这个老头时，不止一次用到了"靡非斯特"这个词。想必他在描写这段场景时，从伦勃朗的著名版画《浮士德》那里得到了不少灵感。这里的驴皮，颇有点炼金术士[1]们梦寐以求的点金石的味道。

就这样，拉法埃尔又被逼到一个极致的人生选择面前。老头以贤哲的语气告诉青年，两种本能会让人生萎缩，一种是"欲望"，一种是"可以"，若能加以克制，转而去贯彻"知"，就能和他一样幸福长寿。老头已游览了整个世界，学会了人类所有的语言，通过观察把现实中的一切铭刻到了思想里。他蔑视直接的行动，把全部精力倾注在"看"上，才有了今日的财富和长生。"所以，要想当驴皮的主人，一定要千万小心啊。"老头这么叮嘱青年，而青年回答说，他就喜欢过强烈而盛大的生活，要让所有世人对他刮目相看。

毫无疑问，这个故事构架是浮士德传说的反向设定。浮士德是传说里的欧洲中世纪炼金术士，后来被歌德写成了诗剧。在浮士德的故事里，终生求知的老学者浮士德在俗世快乐的诱惑下，与靡非斯特签署了协议，魔鬼满足浮士德生前的所有要求，浮士德死后灵魂将归魔鬼所有。而在《驴皮记》里，却是负责诱惑的老人向疲于思考和放荡生活的青年发出正面的人生警告，青年不爱听，反而提出了更贪婪的愿望，以至于缩短了自己的生命。

---

[1] 浮士德虽是传说中的人物，其原型是十六世纪的炼金术士约翰·浮士德。

作者先亮出了"反浮士德"的故事构架，随后又用类似恶搞的手法解构了这个设定。这一点我们稍后再细说。顺带一提，德国语言学家库尔提乌斯在《巴尔扎克论》中写道，晚年歌德终于写完了《浮士德》的第二部，临死前一年（1831年）读了刚问世不久的《驴皮记》，并大加赞赏。也许，巴尔扎克通过小说流露出的对浪漫主义的嘲讽，想以现实主义取而代之的意志，被歌德一眼看穿了吧。

回归正题。拉法埃尔成了驴皮的主人，他马上说了一个愿望。首先，他想要一个媲美王宫盛宴的宴会。并在他出门后不等过河的时间里，他许愿自己的命运能够从此改变。同时，他还慷慨地把好运分给老头一点，他祈愿老头爱上一个舞女，不要再拒绝放荡生活带来的快乐。驴皮马上有了反应，变得像手套一样柔软，任由新主人卷起放进了上衣口袋。

他的愿望果然成真了。拉法埃尔一出古董店门，就迎头撞上三个朋友，他们邀请他一起去参加一个银行家举办的宴会。席上尽是豪奢佳肴和美酒，还走来一群仙子一样明艳的美女。他尤其着迷一个名叫欧弗拉齐的舞女。欧弗拉齐正迎合了他的想法，认为人生年少须尽欢，不奢望能长寿到老。他越发觉得自己做出的选择是正确的。他向宴会宾客诉说了自己所有的辛酸往事，发誓要报复全世界。喝得醉醺醺的拉法埃尔拿出驴皮四下炫耀，提出心愿，想得到二十万法郎的财产。他沉浸在权力和财富的幻想里，觉得全宇宙都在自己的手心中。

第二天早晨，一名公证人出现在他面前，告诉他刚刚继承了一笔远亲留下的巨额遗产。但这时，拉法埃尔也马上注意到驴皮缩小了一圈，他不禁浑身战栗起来：如果驴皮的消失意味着死亡，那他自己岂不像沙漠中的旅人一样，每喝下一口水都意味着生命就此缩短，他今后每许一个心愿，都与求死无异。正在他面色青灰、呆若木鸡的时候，朋友们纷纷拥上来要求雨露均沾。拉法埃尔忽然发疯一样驱赶走了众人，因为这样，他也受到众人的恶毒诅咒。

这场骚动的一个月后，十二月初某一天，一个老人出现在已经当上侯爵的拉法埃尔面前。老人曾是他小时候的家庭教师。自从那场大宴会后，我们的主人公一直在家中闭门不出，过着与享乐无缘的生活。他惊怒于老人想当校长的请求，本想将其赶出门去，但冷静下来以后，他还是聆听了老师的想法。

当夜，拉法埃尔一改隐居作息，去了剧院，在休息室里看到那个给他带来不幸的古董商正和舞女欧弗拉齐如胶似漆。正当拉法埃尔后悔自己做错了选择时，古董商向他走来，大言不惭地说自己从前的禁欲人生观是错的，如今一个小时的爱情就抵得上整个人生。说完，老头满足地离开了。留下青年一个人呆若木鸡。

这个古董商，酷似《幻灭》里的伏脱冷，是巴尔扎克小说中必然登场的幕后黑手式的人物，又仿若没有直接登场的父亲的代言者，他像戏剧提词人一样操纵着纯情而贪婪的青年，让青年站在灯光打亮的舞台中央，自己却狡诈地隐藏在舞台下方的黑洞里，悠然旁观台上的进展。就连他先前标榜的"欲望、能力和认知"的禁欲式的人生构图，也说不定只是哄骗拉法埃尔进入陷阱的说辞。因为这个丑恶的老头早已扔掉了他的公式，眼下正与年轻美人幽会贪欢。这样一来，小说开始提示的"与浮士德的故事正相反的构架"，发生了再次逆转，终究变回了《浮士德》。《驴皮记》是对浮士德故事的怪诞而戏谑的模仿。从这里，我们可以看到巴尔扎克与浪漫主义的歌德截然不同的地方。

拉法埃尔在剧场里遇到了他过去倾慕的馥多拉夫人，却已不再为她心动。反倒是与旅店房东女儿波利娜重逢的瞬间，令他胸臆高涨。他强烈渴望她爱上自己，于是向驴皮说出这个心愿，驴皮却纹丝不动。因为，波利娜从很久之前就深深爱上了拉法埃尔，对已经实现的事，驴皮当然不会有反应。而自从遇见古董商的那一晚开始，"仿佛穿上了一件铅外套"般苦恼的拉法埃尔不知其中道理，他咒骂驴皮撒谎不听命令，宣布契约到此作废。

从青年宣布契约作废的那刻起，驴皮不再像过去完成心愿后就缩小一圈，它的行为规则渐渐混乱起来。获得自由的青年终于与波利娜相爱，而波利娜不知何时已是男爵家的千金小姐。满心幸福的拉法埃尔回到家后，忽然一个冰冷如利刃的念头掠过心头，果然，驴皮似乎又收缩了。他明明没有开口，为什么驴皮依旧变小了呢？他觉得自己的生命恐怕只剩两个月了，一身冷汗后，他疯了似的把驴皮扔进了花园里的水井。

从精神分析的角度看，拉法埃尔只是把驴皮封印了，试图不再去想它，这种"眼不见为净"的方式当然解决不了实际问题。二月里某个寒冷的一天，正当拉法埃尔和波利娜在鲜花盛放的温室里享受甜蜜的新婚生活时，一个园丁走来，说他在水井里发现了古怪的水生植物，然后递过来那张驴皮。在水中泡了那么久，驴皮既没有被浸湿，也没有泛潮，只是变得只有十五厘米见方了。拉法埃尔脸色苍白，却无法告诉波利娜事情的真相。

他许下重金，邀请来各方学者高人，其中一位博士认为，这是波斯神秘动物野驴王的皮，它被当作东方的动物之王，"在山里像鹿一样蹦跳，如鸟儿般飞翔，人们不可能抓住它"。这是一段对不可能实现的愿望的绝佳隐喻。还有的学者想用机器延展驴皮，驴皮丝毫没有任何动静，但机器却坏掉了。有的学者想割一块下来调查成分，驴皮仿佛有恶魔附体，一丝一毫都割不动。显微镜也派不上用场，还有水压、电流、化学制剂，都无法发现驴皮的秘密，直到有个医生开口说，或许是拉法埃尔的过度紧张，才让驴皮变小的。

惶惶不可终日的拉法埃尔决定离开巴黎，去疗养所治疗不久前开始的剧烈咳嗽。在这里，我们可以管窥巴尔扎克最擅长的科学世界观。这在他于《驴皮记》之后写成的《对于绝对的探索》里阐述得更为详尽。简而言之，他认为所有的生命都是燃烧的过程，生命长度与燃烧的烈度呈反比。矿物和植物几乎静立，所以长生；人类因天赋创造力而躁动，故而短命。不过，人体小宇宙

巴尔扎克《驴皮记》插图（1956年）。
上/放荡的场面。下/临终的场面。

的能量能够通过燃烧而转化为思想。信奉此学说的医生告诉拉法埃尔，你生来含氧过高，燃素丰富，注定要产生伟大的激情，只有乡下和峡谷里的雾气才能中和。于是，拉法埃尔出发去了疗养所。

不用说，他在疗养所也遇到了麻烦。偶然一件小事让他陷入

第二辑　无常之观

了不得不和一名青年进行决斗的处境，他的愿望一旦实现，对方就会死在他的枪下，于是他努力劝说青年取消决斗。然而，对方从他从容态度和炽烈目光中感受到了令人畏惧的癫狂之气，反而深受刺激，坚持要决斗，最终这名青年死在拉法埃尔射出的子弹之下。驴皮当然又缩小了，小如一片橡树叶子。它已经不再听主人的话，开始擅自行动了。

拉法埃尔立刻乘坐马车离开疗养所，决定去乡下的大自然里平静地生活。但他的病情一直恶化，他知道自己的生命所剩无几，想最终返回巴黎。这时驴皮又擅自反应了，濒死的病人连微弱的噪声也不堪忍受，他刚刚觉得马车外乡村节日盛会的乐队演奏声吵闹，下一个瞬间天空就乌云密布，霎时间下了一场六月的倾盆暴雨，乐队除了一个吹木管的盲乐师之外其他人均一哄而散。驴皮的魔力终于完全逆转，不再是因愿望实现而引人走进死亡，反倒是已近死期之人的所有愿望都会自动实现。

回到巴黎后的几天里，拉法埃尔服用鸦片缓解了病痛，回光返照般，波利娜也回到他的身边。拉法埃尔给波利娜看了那块驴皮，告诉她自己的生命即将消逝。可是波利娜无法理解，以为他在癫狂妄言。他说出临终前的最后心愿，想再一次将波利娜拥入怀里，但波利娜只觉得害怕，她逃到隔壁房间。在拉法埃尔掌心里的驴皮不断收缩，令人发痒，它已经完全失去控制，不实现愿望却在自动缩小。拉法埃尔用尽最后的力气，扑到错乱的波利娜身边，咬着她半裸的乳房咽下了最后一口气。

至于驴皮，究竟是完全消失了，还是恢复到原来的尺寸等待下一位新主人，故事里没有再提半句。

用这么长的篇幅讲完了这个故事，想必可以看到，《驴皮记》显示的是一个令人惊畏的摩灭图景。

驴皮最初统合了拉法埃尔的意愿和能力，令他心想事成。作为代价，驴皮自身发生了形态上的摩灭和收缩，同时，也召唤了死亡。惊恐之下拉法埃尔忍不住毁弃了最初的契约，从这一刻开始，驴皮便失去了控制。意愿和能力失去均衡，死亡依旧逼进。最后驴皮不再听从主人的愿望，兀自缩小，弄死了主人。

在巴尔扎克信奉的能量经济学中，幸福就像驴皮，是一种定量，享受之后就会减少。所谓幸福达到一定程度后便会自我繁殖并引导人走向更高境界的辩证法理论，在巴尔扎克看来是不存在的。由此，从他的逻辑看，人活在世上，就是消耗和摩灭。所谓贤者，便是懂得慎用活力、将意志化为思想、将低层次的愿望化为表象的人。巴尔扎克之所以喜欢塑造高布赛克和葛朗台之类的守财奴，也是出于对这种绝对能量的崇拜。这些守财奴渴望长生，惧怕浪费，主动将生命的摩灭降到最小限度。

这部情节奇幻的小说里，主人公拉法埃尔抑郁不得志的青春时代，正是巴尔扎克自身经历的投影。这一点他在私人书信中曾提到过。《人间喜剧》的作者深信，小说的成功能把他带入巴黎社交界。事实也如此，《驴皮记》获得的高度评价让他站到了舞台中央。然而讽刺的是，巴尔扎克写尽了拉法埃尔的弹指一生，自己却未能逃脱小说主人公的命运。他刚过五十便戛然而止的人生，未尝不是拉法埃尔的再现，未尝不是一张驴皮引发的摩灭。借用《驴皮记》里的话，他过度相信自己拥有"让全宇宙彰显在自己身上的崇高能力"，以至于违背了自己的人生准则而缩短了性命。普鲁斯特在《驳圣伯夫》中写道，"巴尔扎克把浮上脑海的东西一点不剩地全写到纸上了"。极致摩灭的写作，必然会导致极致摩灭的人生。

不过，拉法埃尔在古董店里发现的那张驴皮还是令人好奇的。《驴皮记》法语标题为"La Peau de Chagrin"，拆开也可以理解为Chagrin（悲伤、遗憾、不甘心）之皮。或者，巴尔扎克就是从这个文字小游戏里找到了小说的灵感。可以说，巴尔扎克笔下这个妖异又梦幻的物质，与卡夫卡的奥德拉德克、博尔赫斯的阿莱夫一样，堪称近代西方小说中出现过的最邪门又荒诞的物体。有种东西会召唤死亡，或者说死亡早已潜藏在其内侧，经过不断的摩灭和收缩，死亡从其褴褛破绽中缓缓现身了而已。

巴尔扎克通过描写事物的无情原理，给浪漫主义者标榜的"人和思想有无限的可能性"的观念泼了一盆冷水。显然，面对浪漫主义者，巴尔扎克亮出了自己的能量蓄积和摩灭的经济法则。歌德倾慕希腊古典美学，相信秩序与和谐，在他笔下浮士德通过寻找世界的至高秩序而完成了自我救赎。不得不说，与歌德晚年终于写成的这部大作相比，《驴皮记》是一部充满了辛辣讽刺和黑色戏谑的反论之作。这块煮不熟烧不烂无法下口的驴皮，和《驴皮记》这部小说一起，问世至今已有两个世纪，却丝毫不见摩灭的迹象，到现在仍闪着神秘的光亮，向人们展示人生摩灭的图景。至于我，今后可能会写一本本书的续集吧，在物质的摩灭之后续写人生的摩灭，所谓《沦落者列传》。

时间的崇高

法国作家玛格丽特·尤瑟纳尔，著有《苦炼》《哈德良回忆录》，笔调独特，充满异域情调。她对东方文化有浓厚的兴趣，甚至用法语补写了《源氏物语》中空白的《云隐》一章，在日本也颇有名气。崇高，这个在二十世纪现代主义潮流中显得落伍的观念，是她八十四年人生中始终如一在追求的主题。她笔下的人物，有生前就被神格化了的罗马皇帝、中世纪时放浪于欧洲各国的炼金术士，以及第二次世界大战结束后宣称以天皇为尊却陷入巨大空虚的日本作家[1]。这些人物，是与命运搏斗的勇士，是妄图在无垠的时间里凿楔而入却因失败最后走向破灭的人。她有一篇随笔名为《高贵的败北》，完美地概括了这些人物。如果说玛格丽特·杜拉斯花尽一生时间述说了上世纪的旧情残骸，那么这一位笔名为尤瑟纳尔的玛格丽特，则将灵魂奉献给了悲剧的残骸。

---

[1] 此处指三岛由纪夫，出自尤瑟纳尔的著作《三岛由纪夫，或空的幻景》。

《时间，这伟大的雕刻家》是尤瑟纳尔写完《哈德良回忆录》之后，在五十一岁时发表的一部短篇随笔。后来伽利玛出版社出版她的随笔集时，用这篇的名字做了全书的标题，可见这篇短文在她文字世界中的独特地位。最近这部散文集终于在日本翻译出版了，我们就来谈一谈。

随笔以一个悖论开篇：

在某种意义上，一座雕像在被完成之时，便开始了自己的生涯。它超越了第一阶段。石块经由雕刻家之手被赋予了人的形状。到了第二阶段，雕像在无数个世纪里，被崇拜、赞美、爱戴、轻蔑或无视，经过各种各样的侵蚀和摩灭，雕像又一点一点地回归到雕刻家斧凿之前的未成形的矿物状态。

雕像在这里就像一个人，从诞生的那一刻起，便走上了通往死亡之路。这个命题是随笔的骨骼，余下的内容就像巴赫的赋格[1]，用微妙的变奏不断重复。

古希腊的雕刻在刚刚完成时，遍布着鲜艳的色彩，想来一定具有慑人的栩栩如生感。后来被基督教徒和蛮族粗暴对待，被长时间废置，又因拙劣修复而变得凋敝不堪，如今只在头发纹理里

---

[1] 盛行于巴洛克时期的一种复调音乐体裁，又称"遁走曲"，意为追逐、遁走。赋格的结构与写法比较规范。

还残留着些许淡红痕迹。这些变化中自带崇高,尤瑟纳尔说。人在特定的时代和社会形态下创造出了美,在时间流逝的过程里,在大自然的苛刻环境下,以及在人类历史的偶然事件中,这些美或者发生了毁损,或者遭到了破坏,"破碎到了无以复加的地步",反而现出了令人惊讶的第二种美。现在,我们眼前的这些石块,和爱琴海岸边捡来的碎石砂砾几乎无异。然而凝神细看,依然能辨出石块上残留着模糊的曲线,让我们对它的诞生时代和作者浮想联翩。毋庸置疑,所谓摩灭,是人类造物在大自然面前彻底败北的痕迹。然而,如尤瑟纳尔在文章中所说,"即使是在物质的残骸里,我们也能从中看到男人贯彻如一的意志",她脑中浮现的不是日本式的无常观,而是物质在匿名性变化过程中所体现出的高贵感。她将眼前残缺的躯体视作与命运搏斗后败北的痕迹,并在作品中赋予其人格化,让败北的痕迹本身成为悲剧的主角。

确实,有些雕像会被安放进特权高位的场所,修复人员填补其残缺,涂之以崭新的古色。这些雕像被陈列在教皇或王族金碧辉煌的宫殿大厅里,觥筹交错中,和俊雅之士并肩。但终究,欢宴名流短如朝露,那些雕像的美也与真正的古代毫无关联。《哈德良回忆录》的这位作者毫不掩饰她对修复的深恶痛绝。所谓修复,和历史上无数偶像破坏者的暴行没什么两样,或许可以称为第二度暴力。与精心修复过的雕像相比,令她更为感动的,是那些被视为难入大雅之堂而被随意丢置在树下或泉水边的所谓二流作品,这些雕像"在漫漫岁月中,浸染了树木花草的威严与哀愁"。

"树木花草的威严与哀愁",多么精彩的一句。我在前文中写过吴哥窟遗迹群,当我在塔普伦寺看到庄严的浮雕遭受人为毁坏和自然风化之后又被巨大的榕树根干庞杂缠绕时,感动之下不禁脱口而出的也是这句话。如今想来,那种异样的光景,就像是浮雕把热带树木旺盛的生命力背后隐藏着的无限哀愁化作了自身命运的一部分。虽然已经倾颓,但在古代高棉都城壮丽威严的背景下,那些在十九世纪近代国家援助下进行的局部修缮与其相比,无可奈何地展现了拙劣和刻意。

这类植物凌驾于人为之美之上,以时间的无情性解消了人为之美的时代制约,展现出自然将湮灭一切刻意设计的例子。在我的所见所闻里,还能举出一例,那便是我在烈阳下的胡志明市看到的情景。胡志明市旧称西贡,二十世纪初,法国殖民者想把西贡建成最新式城市,在建筑设计里引入了当时巴黎最流行的新艺术风格(Art Nouveau）[1]。于是,无论邮局、教堂还是博物馆,都带上了流线蔓草纹样的华美装饰,处处显示出殖民主义已经完全制压了这个东南亚古国,欧洲文明取而代之。

新艺术风格不仅体现在纪念碑式的主要城市建筑上,还体现

---

[1] 十九世纪末二十世纪初在欧洲和美国产生并发展的一次影响面相当大的装饰艺术的运动,是一次内容广泛的、设计上的形式主义运动。

在比如那些法国殖民者特权阶层居住的优雅宅邸上。这些雅居如今早已老朽不堪，大半濒临坍塌。越南独立后从乡村涌入城市的人们占据了这里，几家共用一座建筑，在内部做了相应的划分改造。昔日优雅闲静的马车道如今成了嘈杂热闹的大路，路两侧被露天摊贩占据，小孩嬉戏奔跑其间。越南人根本不关心这里曾是哪个法国人的宅邸，对宅邸四周精致的铁栅栏更是毫无兴趣。由于被忽视、废弃已久，栅栏上的蔓草花饰早已深度朽锈，用手轻碰几乎就会掉落。如今支撑着栅栏的还是植物，是热带炎热天气下葳蕤恣肆的真实的蔓草。

不知为何，面对这种情景，我只觉得痛快。如果是安吾[1]先生，他也许会说这个情景"很健康"。在我心里，原本就不存在对被废弃的新艺术风格的惋惜之念，对借由掠夺越南人才得以持续豪奢生活的法国人的愤慨之情也不能说没有，但与这些感情相比，我从眼前情景中看到的，更是人类从自然中获得灵感而创造出"艺术"这种观念，对此自然做出的彻底嘲笑的态度。自从"用人仆役"阶层被消灭后，再也没有人为广阔宅邸周围的植物修剪出优雅形状了。新涌来的居民疲于奔命，哪里有闲工夫去修护保持建筑的欧罗巴式美感，再说他们也不感兴趣。在长达半个世纪的无人问津和持续战乱之后，新艺术风格复杂而洗练的曲线变得

---

[1] 坂口安吾（1906—1955），日本著名的小说家，作品多呈戏谑及反叛色彩，著有《白痴》《堕落论》等知名作品。

支离破碎。就我所见，植物浓绿而蜿蜒的枝蔓早已将昔日纹样覆盖征服，对它们尽情蹂躏，只有些许缝隙里残存着旧日痕迹。但终究，植物的生命力赋予了老纹样神圣的活力，当初的建筑设计师们也意想不到绿与铁锈的结合，竟然在这里实现了。这是昙花一现的殖民地文化和超越了时间而存在的大自然的结合，丧失了再生契机的废墟在永恒的生命力面前，只能袒露出残骸的卑微形态而已。

看过在西贡茂盛生长的真实蔓草之后，我心中对法国世纪末文化的认识发生了微妙的变化。当年宅邸周围竖起铁栅栏之时，在遥远的巴黎，诗人马拉美正给报纸写文章，形容舞者的身体堪比某种神秘象形文字，他对东方情调大加赞美。而另一方面，殖民地的法国人却在计划清除对越南传统社会有言论影响力的儒教学者，法国人废除了殖民地的汉字教育，普及推行了欧洲式的表音文字。看着早已沦落成贫民窟的旧日豪宅，以上历史风云都只让人觉出一种自不量力的可笑。太阳高照，炽烈而坦荡，仿佛在嘲笑人类所有意图和计划的卑微。我汗流浃背，横穿过街角走回了旅店。

再回到尤瑟纳尔的随笔吧。

那些在漫长岁月里被侵蚀局部受损而丧失了完整性的雕像，为什么打动了我们的心，令我们着迷？萨莫色雷斯岛的胜利女神像[1]和锡拉库萨的维纳斯像[2],都缺失了头部和手臂,为什么反倒充满了神秘的美?如果有一天她们缺失的部分出土了,经过精心巧妙的修复,雕像重现出完美之姿,对我们来说,将是何等巨大的焦虑和幻灭。

虽然尤瑟纳尔没有明言,但我们可以看出她的审美立场。这种曲折迂回的审美视线,是近代的产物。她明确写道,"我们的父辈修复了雕像"。父辈们无法忍受雕像被砍去手足,无法忍受雕像上铭刻着死与暴力的痕迹,他们朴素地信奉人类精神的连续性,渴望修复出完整无缺的人体。他们或出于人性本能,或出于雕像主人的单纯虚荣心,修复了雕像。

然而,到了我们的时代,我们已经懂得古代美无论在何种意义上都是已死的美。并且,我们已见过罗丹和马约尔[3]的作品,培养出了观赏抽象艺术的眼光。在这样的眼光下,与躯体完美无缺、充满着人性光辉的雕像相比,身体上显露缩减和缺失的雕像更令人共鸣,更激发思考和想象。"我们对抽象艺术的偏爱,是因为那些欠缺、那些裂痕中和了雕像上强烈的人的要素,让我们

---

[1] 萨莫色雷斯的胜利女神,是希腊神话中胜利女神尼姬的雕塑,创作于约公元前二世纪,自1884年起开始在卢浮宫的显赫位置展出,是世界上最为著名的雕塑之一。女神像包括头部在内的多个部位缺失。

[2] 锡拉库萨的维纳斯像,指的是兰多利纳维纳斯(Venus Landolina),为二世纪的罗马复制品,藏于锡拉库萨考古博物馆。

[3] 马约尔(Aristide Maillol,1861—1944),法国雕塑家和画家。他的雕塑作品大部分是以女人人体作为主题的,稳重、成熟并有古典主义艺术的痕迹,是古典主义和现代摩尔的抽象雕塑之间承前启后的过渡时期最重要的雕塑家。

心生爱意"。在历史进程中,不仅是雕像经历了岁月洗礼,将岁月痕迹当作一种美来鉴赏的美学意识本身,也发生了巨大变化。观照摩灭,即观照自己和事物之间横亘着的巨大的时间。人们围绕着雕像发出赞美歌颂,"然而人们的嗜好和眼光的剧烈变化,才是对雕像最大的伤害",尤瑟纳尔如此结论。

这实在是很精彩的见解,但话说回来,欧洲对于雕像躯干的热衷,是由二十世纪抽象艺术唤起的,这种审美在"我们的父辈(nos pères)"的时代里真的不存在吗?这里也许需要做一些解释。尤瑟纳尔所说的"父辈",并非指活在十九世纪的她的父辈们,这个词用来指代文艺复兴时期热衷古物收藏的美第奇、法尔内塞和波格赛等意大利豪门贵族更为妥当。这些贵族活在古代人与近代人孰优孰劣的争论发生之前的时代,他们为了装点宅邸和庭院,争相收集古代雕像,然而这里并不存在后世狄德罗[1]面对废墟发出的以"甜蜜的忧郁"命名的感情,填补好雕像上的残缺部分在当时是理所当然的事。也许文艺复兴时期人们的心中有强烈的信念,只要是人体,就应该完整协调,充满理想的美感。

十八世纪以后,人们才从废墟中发现了废墟之美,并将其当作文学和绘画的灵感源头。那不勒斯的哲学家维柯在《意大利人的古代智慧》一书中论述了探索文明起源的意义,之后又有皮拉

---

[1] 狄德罗(Denis Diderot, 1713—1784),法国启蒙思想家、唯物主义哲学家、文学家、美学家和翻译家,他的最大成就就是以二十年之功主编《百科全书,或科学、艺术和工艺详解词典》。此书是十八世纪启蒙运动的最高成就之一。

内西频繁探访古罗马时代的废墟，为后世留下大量版画。这时，缺损了四肢和头部的雕像已是版画中的常见题材，画面上也不乏随意凌乱堆积的残破石碑和雕像。这位热爱古代建筑的版画家，毫不踌躇地从正面描绘了安东尼·庇护[1]皇帝圆柱大理石基台的肮脏与残破，他还喜欢描绘古代神殿的废墟上漫生着巨树，屋顶上垂下枝叶，繁茂而阴森。对那些被遗忘的残破圆柱和破碎石板，他也有很深的共鸣。

这个时代还诞生了私人美术馆。比如意大利的阿尔巴尼枢机主教把斥巨资收集来的古代文物集中陈列到同一个宽敞的空间里，这种形式即后来的艺廊。这时古代雕像已不再是装点贵族宅邸的辅助性存在，而成为主角，有了专门为其修建的大型收藏库。阿尔巴尼庄园（Villa Albani）里汇集了一百五十多尊雕像，以及更多的雕像残躯。这些雕像都未作任何花哨幼稚的修补，呈现出它们原本的古有之态。到了十九世纪，埋没于泥沙瓦砾的古罗马广场被挖掘出来，威严全貌重见天日，震动四方。到了这个时代，遗迹里的文物几乎被盗挖一空，敷衍观光客的赝品充斥市面。尽管如此，人们对已成往事的古代的怀念越发成为一种艺术思潮而流行于世，浪漫主义者把荒凉废墟当作背景抒发春日的伤感，哥特文学更以废墟为舞台上演恐怖故事，如此种种，在美术史家马

---

[1] 安东尼·庇护（Antoninus Pius，86—161），罗马帝国"五贤帝"中的第四位，在他统治时期帝国达到全盛顶峰。

里奥·普拉茨[1]早年写于佛罗伦萨的《肉体、死亡和魔鬼》一书中有详细的记载。

尤瑟纳尔认为，残缺躯干在审美上优于完整雕像的观念在近代逐步发展成熟，于是二十世纪有了抽象雕塑。在我看来，这个结论未免有些仓促。她颠倒了其中的因果关系，实际上是古代对残缺躯干的偏爱无声地启发了艺术家，才有近代德斯皮奥[2]和马约尔等人作品的诞生。我这样说，并不是在轻侮这位写出了《苦炼》的作者，实际上正是尤瑟纳尔，为我们留下了一部最优美的论述版画家皮拉内西的著作。

我在意大利留学时，在假期里已经走遍北部主要城市，美术馆看得有些腻了。何况只是循规蹈矩地逛美术馆并无新意，感受不到现实中意大利城市的生动鲜活。于是在留学即将结束之际，我决定往南部走，去莱切——最偏远的普利亚大区的最南端城市。从结果来看，这是我在意大利经历过的最幸福而梦幻的一次旅行。莱切所在的地区，古称"大希腊（Magna Graecia）"，不似北部观光城市诸如米兰或佛罗伦萨有漂亮的美术馆，这里更贫穷。近年每逢在新闻上看到这一带的消息，往往是因为亚得里亚海对岸驶来的难民船在此登陆。实际上自己走过才明白，阿尔贝罗贝洛、

---

[1] 马里奥·普拉茨（Mario Praz, 1896—1982），意大利文学研究家、美术批评家，作为罕见的唯美主义者，也是美术品的收藏家。

[2] 德斯皮奥（Charles Despiau, 1874—1946），二十世纪法国著名雕塑家。人们经常把他和另一位雕塑家马约尔进行比较，因为他们的雕塑都严格遵循了古典美学的法则。

洛科罗通多、奥斯图尼、马泰拉、马丁纳弗兰卡、加里波利等，每一个小镇本身，就是一件艺术品。

这些小镇，只能通过乘坐有着含混不清的换乘时刻表的单线列车或巴士才能到达，每地都有自己的独特构造。阿尔贝罗贝洛的民居是用石板搭建起的圆锥体，整个小镇看上去仿佛是某种昆虫的巨大巢穴；洛科罗通多是一座圆周城墙环绕起来的小城，城内街巷细密错综，如同一座大迷宫；马泰拉则是洞窟之城，从史前时代至今人们一直居住在断崖上不计其数的洞窟里。我就像漫游地底之国的甲贺三郎，做梦般地走过一个又一个小镇，就这样，一直走到了普利亚大区的几乎最南端，当我下车站到莱切的土地上时，一路上的梦幻心醉达到了最高点。

莱切原是古罗马的一个殖民城市，十五世纪成为那不勒斯王国领地后，开始快速发展成为富庶繁华之地，甚至有了小那不勒斯之称。巴洛克风格——这诞生于罗马、席卷了整个那不勒斯王国的审美趣味，一直流传到莱切这座位于亚得里亚海边的边境小城，并像传染病一样瞬间改变了整座城市的建筑，让每一根石柱都刻上了天使的容颜，阳台铁栅栏上出现了奇妙的歪扭图案。在两个世纪的岁月里，这个从首都传来的最新流行式样，和旧日如腐植土一样占据了这座城市的拜占庭、罗曼和西班牙等风格要素融合在一起，出现了新变化，形成了现在俗称"莱切巴洛克"的奇异风格。罗马的大学者马里奥·普拉茨在《感官的庭院》中，将莱切街巷呈现出的华美节庆感比喻为"烟花""展览会或旋转木马上的装饰",称赞莱切"和意大利南部的无花果一样甜蜜而汁液四溢"。

莱切城里没有笔直之路。安静的凉夜,一个人游走在街巷里,真是再梦幻不过的体验。首先建筑有着同样的色调,几乎无一例外地由泛着奶油色的石灰岩建成,迤逦一路延伸开的雕像被夜晚的路灯照亮,仿佛由柔软而冰凉的黄金打造。街巷里弥漫着神秘难以言喻的气氛,好像中了某种奇妙的魔咒,整座小城以往昔姿态,凝固在了时间的长河里。

和其他意大利南部小城一样,这里城中大路和窄巷错综缠绕,如果没有地图,很快就会走失在迷宫里。当你好不容易从逼仄窄巷穿出,也许下一个瞬间映入眼帘的便是富丽堂皇的官邸。迷宫里随处潜藏着轩昂气势。和罗马、那不勒斯相比,这里墙面上的雕刻更加细腻华美,几乎可以用优雅来形容。这是因为莱切出产的石灰岩质地柔软的缘故。但另一方面,石质柔软也意味着更容易被风雨侵蚀,于是这里廊柱与墙面久经岁月的沧桑模样,也是那不勒斯所无法想象的。每一个走在莱切街巷里的人,都会随处看到斑驳损伤的浮雕和花饰。而我自己,在位于小城北侧的马雷塞官邸(Palazzo Marrese)的阳台上,看到了最令我感动的雕像。

这座房子阳台下方承重的梁托,是一组上身前倾的女性雕像。大门两侧竖立着波形弧度的墙柱,左右墙柱上方各有两个女性立像。她们双眼圆睁,仿佛用双手托起了阳台。不,这么说不准确，她们中的一个已经失去了半边手臂，在用单腕艰难地履行着永无止境的义务。

三个世纪的风雨，无情地冲击了雕像石材，右侧墙柱上的两尊像损伤尤其严重。如前述，一人只有半边胳膊，鼻梁不见了，左眼轮廓模糊不清，她身上的衣服分不清哪些是原来的皱褶，哪些是风雨侵蚀造成的毁损。尽管如此，与旁边的人相比，她至少还保留着人物的威严。她身边那位履行着同样苦役的女人，虽然双臂尚在，但从面颊、脖颈乃至胸部，都覆满了孔洞疤痕。那怪异而凄惨的姿态，令人忍不住要为她遐想出一个故事——瘟疫席卷了小城，她无处可逃，在恶疾退去之后，徒留满身创伤。现在遮盖着她胸口的衣服褴褛不堪，破洞中露出既似鳞片又如疤痕的皮肤。与她的悲惨形成强烈对比的是她的表情，尽管全身被侵蚀到丑陋而绝望的程度，她依然半张着嘴，仰望着遥远的上天，仿佛这个世界还有一些什么值得她去期待和留恋。

当初作为美的典范被授予守护官邸之荣誉的这些女性，如今已形同骷髅。这就是摩灭。如果说海岸上被浪潮冲刷的小石头有着沉睡般的幸福的摩灭之相，那么这些女性，则在经历皮肤一点一点变成尘沙随风而逝式的摩灭，她们的每一点消失，都体现在身体表面不可修复的疤痕上。不可思议的是，明明由同样的石材建成，她们用力支撑起的阳台底座，却丝毫不见风化痕迹。官邸的高度与位置，以及淋雨的角度等微妙因素，使得她们不幸背负上了厄运的宿命。雕像会逐渐重返雕刻师下凿之前尚未成形的矿物形态——尤瑟纳尔写道。但这两位女性即将迎来的终点,是纯粹的物质之死,是化为乌有,再无其他结局。

我在十几岁时,读过希腊神话中受到神罚的西西弗斯的故事。记得当时我并不认为他在承受痛苦。因为他解脱了,离开了众神阴谋算计的政治世界,专心沉浸在小孩式的玩泥巴游戏里,岂不是好事。在我眼中,这位据说是奥德修斯之父的好色老头,并不是揭示人生荒谬的隐喻,而是一个退化回幼稚的幸福形象。但是莱切的这两位承受风雨侵蚀却动弹不得、命中注定要永无休止地支撑起阳台的女性,让我看清了无法逃脱的人生悲哀是怎样一种图景。我本以为自己是无神论者,但有那么一瞬间,那一瞬间我无限接近了宿命论。人终有一死,也许在我死前,脑海中浮

莱切,马雷塞官邸的雕像。著者摄。

现的并非充满慈悲和博爱的圣人，而是这几个被诅咒了的女人。在返回北方的夜行卧铺车上，我发着呆，这些想法在脑中挥之不去。

五月的一个阴雨天，我去了位于房总半岛锯山的日本寺。这座始建于八世纪初的寺院，坐落在陡直的山崖上，沿着蚁道般蜿蜒分歧的上山坡路走上去，随处可见小小的石佛像蘑菇一样从山洞凹穴里探出头来，据说总数逾一千五百尊。寺院的观光导游板上自豪地宣扬这里曾有雕于江户时代的日本最大的大佛，但在我看来，大佛之后由木更津的大野甚五郎和手下徒弟用从伊豆运来的石材制作的众多罗汉像更为有趣。

日本寺从前便是有名的关东地区古道场，据说江户时代中期拥有三百万信众，正因如此，才有了那些信众进献来的数不清的罗汉像。这里在明治维新时的"废佛毁释"[1]运动中受到严重破坏。之后，寺院几近荒废。第二次世界大战前夕，这里发生了大火灾，据说寺中珍宝连同国宝级的佛像都毁于一旦。1969年大佛终于被重修，而罗汉数量太多，难以一一顾及，以至于寺院在观光手册上呼吁大家捐钱，好为"罗汉接上头颅"。现在在山中走一圈便知道当时的呼吁并未见效，甚至给人留下一种印象，整座山就像一个废墟化了的巨大的曼陀罗。

每尊石佛实际上尺寸都不大，既有安放在洞窟深处高约五十

---

[1] 废佛毁释，发生于日本明治元年（1868年），为明治政府强力鼓吹神道而打压佛教的运动。

厘米的石佛，也有小巧玲珑的，刚好能安坐在巨岩的凹陷里。有的身上覆满青苔，有的在风吹雨打下模糊了衣衫和身形，成了光滑的一团。它们身上能看出几度修复留下的痕迹，旧身与新头相接，看上去手法非常粗糙。这更令我相信尤瑟纳尔的断言没有说错。但终归最吸引我的不是这些，而是距离这群罗汉像稍远的，相同废旧石材累计起来的碎石片堆和散落在路上的破碎石片。毫无疑问，这些正是十九世纪中期"废佛毁释"大破坏的证物，有的破损程度比较轻，只要找到相应的罗汉头接上，就能多少恢复一些原样。也有的已经粉碎到无计可施，但又不知该废弃到何处，只好就这样丢弃在原地，任凭岁月摆弄。

我计算了一下，这些碎石以石佛之姿存在的时间不过百年。之前它们是伊豆山中沉睡的岩石，在十八世纪被割裂开采，铭刻上佛陀之相再运到房总半岛，接受巡礼信众的香火膜拜。之后日本开始发展现代化，神道成为国家宗教后，石佛再度回归成无名岩石。想必，从现在到未来永劫，它们再不会被人捡起重塑了吧。这些石块是否已经放弃了继续以石佛的姿态存在？一个前额开裂的佛首，一个被砍掉了头胡乱倒在地上的罗汉像，和周围被遗弃的碎片究竟有什么决定性的不同？无人知道答案。佛经有云，凡所有相，皆是虚妄。道元在《正法眼藏》里说，森罗万象，悉有佛性。那么滚落道旁的一块碎石，也是佛性所在吧。

巴米扬大佛[1]不是被人毁掉的。是佛看见崖下众生的愚钝悲惨而自耻无力，自行崩落的——伊朗电影导演莫森·玛克玛尔巴夫这样对我说。这位知识分子兼导演，二十年来始终关注阿富汗难民如何穿越国境逃亡伊朗，并呼吁政界以伊斯兰款待远客的教义出发给与难民多方庇护。当他看到塔利班以拒绝偶像崇拜为由炸毁了巴米扬大佛，全世界终于将视线投向了阿富汗悲惨现实时，他发表了一本意见书，提出了自己的尖锐看法。他认为，富裕的西方社会与其哀叹丧失了"人类遗产"，不如去做比修复大佛更为紧要的人道关注。他为宣传新电影来到东京，在谈话中表示佛陀为了让全世界关注阿富汗而自行接受了一场破坏。这段话让我深受震动，在我看来，在自我牺牲的认识上，比起只把佛教当作一种习俗的日本人，这位导演的信念更接近大乘佛教。

所有雕像只要被制作出来，终归会毁灭，有可能毁在大自然长年施加的力量之下，有可能毁于人手的瞬间暴力。然而，与雕像原本的完璧之姿等同，遭到破坏的碎片，亦是新的雕像。即使碎片逐渐摩灭，即使碎片上所有人为痕迹都消失了，它依然是雕像的分灵。我想，这也许就是佛教所说的佛性的真谛吧。这么一想，我好像从莱切回来以后一直重压心头的宿命观中得到了一些解脱。我想，对于我身终将迎来的可怕摩灭和毁坏，我要学会静心接受才行。

---

[1] 巴米扬大佛，位于阿富汗巴米扬省巴米扬镇境内，深藏在阿富汗巴米扬山谷的巴米扬石窟中，被联合国教科文组织列为世界文化遗产。

后　记

本书是我所有著作中最难以分类的一本，既不是美术史，也非考古学，虽然多少谈及了文学，但远不到文学评论的程度。当作旅行记来看又会显得断裂不连贯，尽管有与宗教学和哲学相关的部分，又完全不同。非要下个定义的话，勉强可称为"摩灭学"吧。当然这门学问是不存在的，我想今后也不会出现。我这本书将被摆放到书店哪个分类书架上呢，想来既担心又充满期待。

不过，这世上时不时会冒出来一些不属于任何范畴的奇妙书物，比如梦野久作[1]的《鼻子的研究》，比如稻垣足穗[2]的《少年爱的美学》。世上摩灭和美少年孰多孰少？不用讲当然是摩灭更多，既然美少年都有足穗翁的大作，至今却没有一本谈论摩灭的书，岂非很怪？既然无人写，那我就来写写看。这就是本书的意图所在。

---

[1] 梦野久作（1889—1936），是日本推理小说作家。作品风格诡异、恐怖、丑恶，涉及精神病学的《脑髓地狱》，被誉为日本推理小说四大奇书之一。

[2] 稻垣足穗（1900—1977），日本小说家。

散文诗《摩灭之赋》原本于1993年发表在我与友人合办的同人志《三藏》上，之后我去了意大利，在街头巷尾和教堂里看到无数摩灭的痕迹，于是一心想把这些景象落成文字。

承蒙IS(Pola宝丽文化财团)山内直树先生不弃，未及约定何时终止，我便于2000年开始了本书的连载。山内先生说，就连载到作者生命摩灭为止吧，不过原本一年四刊的杂志变成了一年两刊，到了2002年杂志彻底停刊了，皆因经济不景气，赞助人都摩灭完了。本书是在连载基础上，又加写了六、八、九篇和一些补考而成的。《关于虚薄》曾在《紫明》（紫明会，2002）第七号上刊载过。

以上，便是这本关于"无法言喻的漫长时间"（三岛由纪夫，《晓寺》）的书出版的来龙去脉。在此感谢山内先生炯眼，给了我连载的机会。致谢善光寺总长准许我在佛堂内摄影。致谢美术家北山健次。本书单行出版之际承蒙筑摩书房松田哲夫与鹤见智佳子的关照，在此表示感谢。

2003年8月12日

四方田犬彦

あの摩り減った壁の窪みがわたしなのだ。

墙上摩损出的那个凹陷，即我。

——大野一雄

一页 folio

始于一页,抵达世界
Humanities · History · Literature · Arts

出品人	范新 柳漾
监制策划	恰恰
特约编辑	徐露
版权总监	吴攀君
印制总监	刘玲玲
装帧设计	COMPUS · 汐和
内文制作	陆靓

Folio (Beijing) Culture & Media Co., Ltd.
Bldg. 16-B Jingyuan Art Center,
Chaoyang, Beijing, China 100124

官方微博:@一页 folio | 官方豆瓣:一页 folio | 联系我们:rights@foliobook.com.cn

一页 folio
微信公众号

图书在版编目（CIP）数据

摩灭之赋 /（日）四方田犬彦著；蕾克译. -- 北京：
北京联合出版公司, 2020.1（2021.12重印）
ISBN 978-7-5596-3787-1

Ⅰ.①摩… Ⅱ.①四… ②蕾… Ⅲ.①随笔—作品集
—日本—现代 Ⅳ.① I313.65

中国版本图书馆 CIP 数据核字 (2019) 第 237670 号

MAMETSU NO FU
Copyright © Inuhiko Yomota 2003
All rights reserved.
Originally published in Japan in 2003 by Chikumashobo Ltd., Tokyo.
Simplified Chinese edition © 2019 by Folio (Beijing) Culture & Media Co., Ltd.
Chinese (in simplified character only) translation rights arranged with
Chikumashobo Ltd., Tokyo, Japan.
through CREEK & RIVER Co., Ltd. and CREEK & RIVER SHANGHAI Co., Ltd.

摩灭之赋

作　　者：[日]四方田犬彦
译　　者：蕾　克
责任编辑：孙志文
策　　划：拙考文化 拙考
特约编辑：张逸雯（拙考文化）　徐　露
装帧设计：COMPUS·汐和

北京联合出版公司出版
(北京市西城区德外大街83号楼9层　100088)
北京联合天畅文化传播公司发行
北京华联印刷有限公司印刷　新华书店经销
字数150千字　787毫米×1092毫米　1/32　6.5印张
2020年1月第1版　2021年12月第3次印刷
ISBN 978-7-5596-3787-1
定价：55.00元

版权所有，侵权必究
未经许可，不得以任何方式复制或抄袭本书部分或全部内容
本书若有质量问题，请与本公司图书销售中心联系调换。电话：(010) 64258472-800